Maryse Peyskens

ÇA SE COMPLIQUE à L'ÉCOLE DES GARS

Dominique et Compagnie

Livre : Abigaëlle Valès
gr:512

À la mémoire d'Alain Magloire,
pour tout le bonheur déposé comme
un diamant précieux dans le cœur
des petits... et des grands.

AVANT-PROPOS

L'*École des Gars* est une école spéciale où tout est permis, ou presque. Rémi, Guillaume, Alexi, Justin, Patrick, Samuel et les autres sont des garçons pleins d'énergie, pour ne pas dire hyperactifs. Autrefois, aucun d'eux n'aimait l'école. Mais depuis qu'ils ont intégré l'*École des Gars* pour y faire leur 5e année, ils ont changé d'avis: l'école, c'est génial! L'année suivante, les garçons avaient tous été ravis quand on leur avait annoncé qu'ils allaient pouvoir poursuivre leur scolarité dans cet établissement où le plaisir d'apprendre rime avec «réussir». Une deuxième classe s'était alors ajoutée au premier groupe. Léonie, une jeune fille au caractère frondeur, faisait partie de cette nouvelle cohorte. Son intégration à l'*École des Gars* n'a pas été de tout repos, mais grâce à la persévérance des élèves, des enseignants, du directeur et surtout, grâce à l'ingéniosité de Foinfoin, un petit bonhomme mystérieux, elle a fini par trouver sa place elle aussi dans cette institution fabuleuse.

Cette fois, c'est Fabien, un garçon hypersensible, qui doit s'intégrer alors que l'année est déjà bien entamée. L'*École des Gars* saura-t-elle répondre à ses besoins particuliers? Rien n'est moins sûr…

#

CHAPITRE 1

Foinfoin s'était réveillé au bord d'une rivière qui chantonnait la douce mélodie d'un printemps nouveau. Son corps pelotonné dans une peau d'ours bien plus grande que lui et sa tête reposant sur un minuscule tas de feuilles couvert d'un carré de fourrure moelleuse. Lorsque le nain ouvrit les yeux, il aperçut une silhouette d'allure mystérieuse derrière un écran de fumée. C'était un homme assis en tailleur devant un feu de camp, qui agitait les braises du bout d'un bâton.

Le visage de l'inconnu était creusé de rides profondes et encadré de longues tresses noires. Sa veste en peau de caribou ornée de franges sur les épaules et sous les manches retint l'attention de Foinfoin. « Mais où suis-je ? Que fais-je ici, sur les berges d'un cours d'eau ? Détrempé, assoiffé, affamé. Qui donc est cet individu vêtu d'un costume d'ancêtre amérindien qui ravive sa flambée dans un silence parfait ? Étrange… », se dit Foinfoin à lui-même.

Du coin de l'œil, il fixait l'homme à l'imposante carrure. Quelque chose semblait s'agiter au-dessus de sa tête. Après s'être bien frotté les paupières, Foinfoin s'aperçut qu'il s'agissait de plumes. De belles grandes plumes d'aigle retenues par un bandeau rouge, pointant fièrement vers le ciel. « Cela ne fait aucun doute, c'est un Amérindien », pensa-t-il.

L'homme retira de grosses roches de la braise, puis les fit tomber dans une marmite d'écorce remplie d'eau. Instantanément, des effluves d'épices et de conifères se frayèrent un chemin jusqu'aux narines de Foinfoin. « Hmmm, hmmm, quelle odeur réconfortante… »

L'Amérindien se leva. Au son des branches qui craquaient sous ses pas, Foinfoin tressaillit.

S'agenouillant devant lui, l'étranger au regard profond lui tendit une tasse faite d'écorce de bouleau.

— Buvez.

— Merci, dit Foinfoin en relevant le haut de son corps. Hmmm, c'est délicieux.

— Recette spécialement pour vous.

— C'est sucré.

— Érable. Sève d'érable, pour énergie.

Un long silence permit à Foinfoin d'observer son sauveur. Un visage impassible. Des joues creusées, parsemées de sillons et de cicatrices qui décrivaient le parcours d'une vie remplie d'épreuves et de batailles. Un teint cuivré s'harmonisant parfaitement avec des yeux bridés aux iris plus noirs que l'ébène. Un nez légèrement busqué.

Après avoir ingurgité trois gorgées de sa savoureuse tisane, Foinfoin posa quelques questions à l'Amérindien:

— Que m'est-il arrivé? Et pourquoi suis-je tout trempé? Depuis quand suis-je là? Quel jour sommes-nous?

De sa voix gutturale, l'inconnu qui prenait soin de lui se contenta de répondre :

— Vous, encore très fatigué. Vous, dormir, conclut-il en aidant son protégé à se recoucher.

Les paupières aussi lourdes que des lingots d'or, le nain se rendormit, bercé par le chant cristallin de la rivière.

Foinfoin fut tiré du sommeil par le cri d'un hibou. Son corps ressentait maintenant l'intense chaleur du feu qui flambait vivement, dressant ses hautes flammes vers la voûte céleste.

— Combien d'heures ai-je dormi ?

— Heures, pas important. Important, qualité du sommeil.

— Ouin, admit Foinfoin en se grattant le front.

À peine relevé, il fit tournicoter sa tête dans tous les sens afin de détecter un indice qui lui permettrait de percer le mystère de sa présence dans cet endroit saugrenu.

— Que m'est-il arrivé ? Pourquoi suis-je tout trempé ? Depuis quand suis-je là ? Quel jour sommes-nous ? répéta-t-il.

Cette fois encore, l'Amérindien laissa le petit homme se débattre avec toutes ses interrogations, sans broncher. Malheureusement, rien autour de Foinfoin ne l'aidait à se remémorer les événements qui l'avaient conduit jusque-là. Que des arbres, une rivière, un feu, un ciel piqueté d'étoiles, le disque brillant de la lune. Et cet homme presque aussi muet qu'une carpe.

Foinfoin réfléchit un long moment. Il devait trouver le moyen de rendre son sauveur plus loquace. « Comment savoir où l'on va si on ne sait pas d'où l'on vient ? » se dit-il, un peu anxieux. Le rescapé décida qu'il était temps de se lever.

« Aille, ouille, outch ! » Ses muscles endoloris le faisaient souffrir.

Grimaçant de douleur, le nain fit quelques pas vers le sage aux longues nattes.

— Monsieur, euh…

— Moi, pas Monsieur. Moi Tschigewa, Grand Chef. Moi, ami de vous.

Le Grand Chef lui fit signe de s'asseoir en tambourinant sur la bûche tout près de lui. Ce que Foinfoin fit aussitôt. Imitant Tschigewa, le nain leva les yeux vers le ciel, admirant son extrême beauté. Il n'avait jamais vu autant d'étoiles zigzaguer dans le firmament, ni une lune aussi blanche. Hélas, malgré l'intensité de la flambée, ses dents se mirent à claquer, l'empêchant de goûter pleinement la magie du moment.

Aussitôt, Tschigewa se leva et revint avec la peau d'ours, qu'il déposa soigneusement sur le dos de Foinfoin.

— Prudence, vous, encore fragile.

— Merci, balbutia le petit homme.

Pour se réchauffer plus vite, il croisait et recroisait sans arrêt ses courtes jambes qui ballottaient dans le vide.

Bien décidé à comprendre ce qu'il faisait là, Foinfoin tenta de poursuivre la conversation en continuant les présentations d'usage.

— Je suis Foinfoin. Euh… je viens de… euh.

Son nom, c'est tout ce dont il se souvenait.

— Oui, je sais. Moi connaître vous. Avoir beaucoup entendu parler de Foenfoen.

Étonné et flatté à la fois de se savoir connu de cet être exceptionnel, le nain gloussa derrière sa main potelée. La drôle de façon qu'avait Tschigewa de prononcer son prénom y était aussi pour quelque chose dans son rire un peu espiègle.

La lumière du feu éclairait le visage de Foinfoin : sa tête en forme d'œuf et ses cheveux jaunes ressemblant à du foin, ses lèvres très pulpeuses, ses yeux globuleux derrière une immense paire de lunettes aux verres épais et à la monture massive. Cette apparence singulière aurait pu susciter la curiosité du sage amérindien. Pourtant, l'homme ne montrait aucune expression de surprise. Il fixait son feu, et quelquefois il levait les yeux pour regarder au loin dans le ciel. Mais jamais il n'arrêtait son regard sur Foinfoin.

— C'est très beau par ici, dit ce dernier pour briser un long silence. C'est gentil d'avoir pris soin de moi. Et cette peau, c'est celle d'un ours ? Ou d'un coyote peut-être ? En tout cas, ce n'est sûrement pas celle d'un porc-épic...
— ...

— Les étoiles brillent-elles toujours autant ? C'est un soir de pleine lune, j'espère que vous ne vous changerez pas en loup-garou, ricana-t-il.

— …

Rien à faire, Tschigewa ne réagissait pas. Peut-être était-il un peu dur d'oreille. Haussant la voix, Foinfoin y alla encore d'un dernier commentaire :
— IL EST TRÈS BEAU VOTRE FEU ! IL EST TRÈS CHAUD AUSSI !

Le nain se trouva alors un peu idiot. « Comme si un feu pouvait ne pas être chaud ! », pensa-t-il après coup.

De plus en plus troublé par l'atmosphère étrange du moment, mais surtout par la présence de cet homme silencieux, il ne put s'empêcher de poser encore d'innombrables questions qui demeuraient toujours sans réponse. Sa nervosité faisait de lui un vrai perroquet.

De longues minutes s'écoulèrent avant que le Grand Chef finisse par formuler une phrase qui fit sursauter le nain.

— Vous, ici pour m'aider. Fils à moi besoin de vous. Moi sauver vous, vous sauver mon fils.

— Moi sauver votre fils ? répéta Foinfoin, étonné.

Après une réflexion plus rapide qu'un éclair, le petit homme s'empressa d'accepter ce qui ressemblait à un marché.

— Entendu. Moi sauver votre fils.

Se sentant investi d'une grande mission, il bomba le torse sous la peau d'ours.

Les deux compagnons, celui qui avait la stature du chêne majestueux, et l'autre, celle du frêle roseau, passèrent la nuit ensemble devant le feu de camp. Le premier, aussi silencieux qu'une roche, écoutant l'autre, plus bavard qu'une pie.

Cette nuit-là, Foinfoin n'obtint jamais de réponse à ses questions mais finalement, cela lui importait peu. Il avait quelqu'un à sauver. Le fils du Grand Chef Tschigewa. Rien de moins.

CHAPITRE 2

Foinfoin rencontre Magoek

Dès l'aube, Tschigewa entreprit d'éteindre le feu déjà affaibli et de plier bagage.

— Vous assez reposé maintenant. Vous venir au village avec moi. Vous rencontrer mon fils.

Requinqué par la tisane (il en avait bu cinq tasses durant la nuit), Foinfoin se leva pour offrir son aide à son nouvel ami qui ramassait quelques objets sur le sol et les rangeait dans un sac en peau.

— Non merci. Vous garder énergie pour voyage. Habit à vous sec, dit Tschigewa en tendant une cape grise à Foinfoin.

Le sage lança son sac par-dessus son épaule et se mit en marche à grandes enjambées. Après avoir revêtu sa cape, Foinfoin le suivit, tricotant

de petites foulées sur ses minuscules jambes ar-
quées. Quelques minutes après leur départ, le petit
homme accusait déjà un bon retard sur son guide.
Revenant sur ses pas, Tschigewa déclara :
— Vous, embarquer sur dos à moi.
— Oh, c'est bien gentil, Monsieur, euh, Grand
Chef, mais…
— Vous, embarquer sur dos à moi.

Orgueilleux de nature, Foinfoin hésita un instant, mais la voix autoritaire de Tschigewa ne lui
laissait aucun choix. Le nain courut sur quelques
mètres pour prendre son élan, puis, pliant ses
genoux, il sauta sur le dos de l'Amérindien.
— Vous bien s'agripper, long chemin à faire.
— Oui, d'accord. Merci, Tschigewa.
— Vous, pas merci à moi, moi plaisir.

Foinfoin fut stupéfait de constater la distance que
l'Amérindien parcourait à foulées rapides, sans le
moindre effort apparent. « Ça doit bien faire huit
kilomètres qu'il marche. Comme il est fort, ce
Tschigewa ! Il va bien finir par ralentir, à force de
me trimballer sur son dos. Mais où m'emmène-t-il ?

Et comment fait-il pour ne jamais trébucher sur ce sol rempli de roches et de racines ? », se disait Foinfoin, un sourire béat d'admiration sur les lèvres.

— Ouch ! lâcha-t-il après qu'une branche l'eut fouetté en plein visage, effaçant d'un coup son sourire.

— Vous blessé ? s'enquit l'Amérindien.

— Non, ça va, moi pas blessé. Moi juste un peu dans la lune.

Après plusieurs heures de marche ponctuées de questions et commentaires (la plupart de Foinfoin), tels que :

— Sommes-nous bientôt arrivés ? Vous pas trop fatigué ? Moi crois que moi peux marcher maintenant. Vous peut-être boire un peu, non ? Regardez ce lièvre, comme il file vite. Vous aussi habile que lui en forêt. Oh, on traverse la rivière à pied ? Ce n'est pas trop dangereux ? Moi, pas savoir vraiment nager.

... et de quelques remarques (celles-là beaucoup moins nombreuses, de Tschigewa), telles que :

— Ici beaucoup gibier. Là, bataille importante, grand-père tué. Ici attention, rivière au courant très dangereux. Vous, tenir veste à moi.

… le nain finit par s'assoupir sur le dos du Grand Chef. La démarche souple de son protecteur, conjuguée aux chants amérindiens que celui-ci fredonnait, avait eu raison de sa fatigue.

Quelques tours d'horloge plus tard, le petit homme fut réveillé par les gazouillis d'un bambin qui ne se contentait pas de lui tourner autour. Dix petits doigts dodus s'enfonçaient sans pudeur dans son costume composé d'un pantalon à pinces, d'une chemise blanche, d'une veste à queue de pie et de sa cape grise, retenue autour du cou par un ruban de satin. Si Tschigewa n'avait manifesté aucune réaction particulière à la vue du nain, il en allait tout autrement pour ce garçonnet dont le visage rond affichait une expression de surprise.

Constatant que le mystérieux invité commençait à remuer, une ribambelle d'enfants basanés, aux pupilles aussi grandes que des pièces de monnaie, s'attroupèrent autour de lui en deux temps trois mouvements. Au milieu de cette troupe remuante, réalisant qu'il se trouvait dans une tente fabriquée avec des peaux tendues sur de longues poutres de bois, Foinfoin se sentit bien dépaysé.

Lentement, il s'assit sur son lit de feuillages et d'épinettes parfumées. Après avoir toussoté, il se présenta :
— Je suis… je suis euh… Foinfoin. Je ne suis pas dangereux. Ne craignez rien, je ne vous ferai aucun mal.

Loin d'être effrayés, les enfants s'approchèrent de lui pour toucher le bout de ses chaussures vernies, les branches de ses lunettes épaisses, ainsi que ses cheveux jaunes. Comme Foinfoin souriait, ils se mirent à le chatouiller, ignorant l'appel au calme de la jeune dame qui se trouvait tout au fond de la tente. Le petit homme avait un cœur d'enfant… Ravi, il se mit à courir dans le wigwam après ceux et celles qui l'avaient chatouillé et provoqua ainsi une séance de fou rire interminable. Jusqu'au moment où le plus vieux (un mignon petit garçon d'environ cinq ans) sortit de la tente, suivi de la bande de gamins surexcités et de celui que tous appelaient *Foenfoen*.

C'est ainsi que le petit homme à la tête d'œuf, entraîné par les gamins et gamines aux cheveux couleur plume de corbeau, visita le village amérindien devant le regard éberlué des adultes qui s'affairaient à différentes tâches. Des femmes et des jeunes filles confectionnaient des vêtements et des mocassins dans leur wigwam, tandis que d'autres faisaient sécher la viande un peu à l'écart. Une fumée épaisse et odorante chatouilla les narines de Foinfoin. Ici, des adolescents aidaient leurs pères à construire un canot en écorce, là, d'autres aidaient leurs mères à cuisiner.

Toute la matinée, Foinfoin s'amusa gaiement avec les enfants. Il joua à la tague, à la cachette, aux osselets. Il apprit quelques mots de leur langue tels que : *tshishikau-pishim* (le soleil) *tipishkau-pishim* (la lune), *atim* (le chien) et *minuapatineu* (il attire le poisson avec un bon appât).

Les enfants l'entraînèrent jusqu'à la rivière Mishta-shipu (la grande rivière) où ils nagèrent et s'éclaboussèrent en riant à perdre haleine. Peu doué en natation, Foinfoin préféra faire quelques

pirouettes dans l'eau qui lui valurent des applaudissements aussi chaleureux qu'admiratifs.

Plus tard dans l'après-midi, Tschigewa l'inter-
pella. Foinfoin n'en fut pas fâché car, quoiqu'il
aime jouer avec les enfants, son corps lui envoyait
quelques signes de fatigue.
— Vous assez amuser. Vous suivre moi. Moi présenter ma grande famille.
— Oui, bien sûr, moi suivre vous. Avec plaisir.

Les très jeunes enfants, loin de se soucier de
l'allure étrange de Foinfoin, l'avaient aussitôt
adopté. Peut-être était-ce parce qu'il était plus
petit qu'eux (il ne mesurait pas plus de soixante
centimètres). Mais on ne pouvait pas en dire autant des adolescents et des adultes. Ces derniers
affichaient une mine perplexe devant le curieux
personnage. Dans une langue chantante, ils questionnèrent le Grand Chef chacun leur tour.

Sans pouvoir comprendre les mots, Foinfoin
devinait leur inquiétude. Certains gesticulaient,
d'autres parlaient plus fort en fronçant les sourcils.
Or, dans le langage des gestes et des expressions,

le petit homme était parfaitement bilingue. Rien ne lui échappait et il put traduire pour lui-même les doutes des Amérindiens :

— Crâne en forme d'œuf de perdrix va-t-il nous faire du mal ?

— Petit homme aux gros yeux est-il envoyé comme espion ?

— Pourquoi homme en habit de pie a des poils de blé d'Inde sur la tête ?

Chaque fois, quelques mots prononcés par le Grand Chef suffisaient à calmer son interlocuteur. Instantanément, un sourire illuminait le visage de ce dernier et un bras tendu comme une flèche pointait vers Foinfoin. À chaque poignée de main, Foinfoin rougissait de plus belle et faisait une courbette en guise de salutation. En cachette, il frictionnait sa menotte meurtrie par tant de serrements. C'est ainsi qu'il fut présenté à la communauté du village de Nakatshun.

Le soir venu, une fête fut organisée en l'honneur du visiteur, l'étrange petit homme retrouvé entre la vie et la mort sur le bord de la rivière Mishta-shipu.

Nul autre que le Grand Chef Tschigewa lança le coup d'envoi de ces célébrations par un chant envoûtant soulignant la venue du sauveur, que Foinfoin écouta en dodelinant de la tête, sans en comprendre un seul mot.

Autour des flammes du grand feu de joie, enfants, adolescents, adultes et aînés exécutèrent des danses traditionnelles avec une aisance et une joie qui impressionnèrent Foinfoin. Il était loin de se douter que cet enthousiasme lui était attribuable, jusqu'à ce que Tschigewa lui dise :
— Eux confiance en vous Foenfoen. Contents et joyeux grâce à vous. Ma communauté savoir que Foenfoen fera miracles avec fils à moi. Magoek.

Distrait par la musique, les pas de danse, les chants et surtout, par le savoureux morceau de caribou bien frit qu'on lui servait, Foinfoin n'accorda que très peu d'importance à ce dernier commentaire. La bouche pleine, il battait la mesure de son pied au même rythme que les tambours qui résonnaient dans la nuit.
Boum boum ! Boum ! Boum boum boum !
Tap tap ! Tap ! Tap tap tap !

Les voix gutturales s'élevaient dans le ciel en suivant la cadence de ces mélodies datant des temps les plus anciens. Foinfoin se sentait littéralement transporté par la magie du moment. Il n'avait aucune idée d'où il venait, ni du lieu où il se trouvait, mais cela n'avait aucune importance puisqu'il était heureux.

Après avoir chanté, dansé et écouté des légendes teintées d'humour et de mystère (traduites pour lui par Tschigewa) pendant plusieurs heures, Foinfoin prit congé de ses hôtes pour aller se reposer. La tête pleine d'images, il pénétra dans le wigwam où il s'était réveillé quelques heures plus tôt. Après avoir enlevé ses chaussures vernies, ses chaussettes à pois et ses lunettes à grosses montures, il s'installa confortablement sous sa couverture en peau d'ours.

Au moment où il commençait à piquer du nez, le son d'une flûte le fit sursauter.

Un garçon d'une douzaine d'années, assis dans le fond de la tente, les genoux relevés contre la poitrine, soufflait doucement dans un morceau de cerisier d'où s'échappaient des notes mélancoliques.

Quel contraste avec la musique joyeuse sur laquelle Foinfoin s'était déhanché quelques minutes plus tôt !

— Bonjour, fit le petit homme en chaussant ses lunettes.

— Bonjour, répondit une voix à peine audible.

— Que fais-tu là, seul, à jouer de la flûte ? Tu ne devrais pas être avec les autres ? À danser, manger et festoyer autour du feu ? Le caribou est vraiment délicieux…

— Non. Trop de bruit. Trop de gens.

— Ah, je comprends. J'aime bien être seul moi aussi.

Le garçon fixa son interlocuteur un long moment avant de dire :

— Vous aimez être seul ? C'est impossible.

Contrairement au Grand chef, l'enfant parlait un français impeccable.

— Bien sûr que c'est possible.

Quand Foinfoin était entré dans la tente quelques minutes plus tôt, le garçon s'était crispé. Encore un qui allait tenter de le convaincre de rejoindre les autres ! De faire comme les autres !

De s'amuser, comme tous les jeunes de son âge !
Mais ce drôle d'individu ne l'avait même pas vu…

— Je m'appelle Foinfoin. Très heureux de faire ta connaissance.

Le petit homme tendit sa main au jeune adolescent qui, sans hésiter, lui tendit la sienne à son tour.

— Ouch !

— Oh, désolé, Foinfoin, je ne voulais pas vous faire mal.

— Non, ça va, c'est juste que…

— Vous avez serré plusieurs mains aujourd'hui, n'est-ce pas ?

— Oui, tu as tout compris. Et ce sont de solides poignées de main, dit Foinfoin.

— Moi, c'est Magoek.

— Je le sais, déclara le nain de sa voix nasillarde.

Devant le regard perplexe du garçon, Foinfoin sentit qu'il devait s'expliquer. Malheureusement, la fatigue brouillait sa pensée. Il se contenta de lever l'auriculaire et de le faire tourniquer près de son oreille.

— Mon petit doigt me dit tout, conclut-il en se recouchant.

Quelques jours plus tôt, Magoek avait été informé par Nukum, la sorcière du village, qu'un étranger intégrerait la communauté dans le but de lui venir en aide. Nukum (qui n'était nulle autre que la jeune femme qui avait veillé Foinfoin pour son premier sommeil dans le wigwam) avait fait sa prédiction en observant les premières outardes qui étaient arrivées dans le ciel de printemps. Elle affirmait que leur formation n'était pas disposée en V comme d'habitude, mais en F, et qu'elles criaient « Foenfoen, Foenfoen, Foenfoen » au lieu de leurs sons habituels.

Magoek comprit que son soi-disant sauveur était bel et bien ce Foinfoin. « Alors, c'est donc lui ? » pensa-t-il en regardant le nain s'emmitoufler dans sa couverture.
— Ouille, babilla Foinfoin qui venait de se planter une aiguille d'épinette dans le talon.

Le garçon s'attendait à un long discours, à un ennuyeux monologue dans lequel le nain l'inciterait à rejoindre les autres et, surtout, à agir comme les autres. Il resta donc immobile devant lui, tout ouïe, attendant le moment où il allait se décider à parler.

— Magoek?

«Ça y est, pensa l'enfant, dépité, c'est maintenant que ça commence.»

— Oui? finit-il par dire.

— Tu peux me jouer un air de flûte?

Surpris et soulagé à la fois, Magoek esquissa un sourire avant de déposer ses lèvres sur son morceau de bois. Une douce musique porteuse d'espoir se fraya un chemin jusqu'aux oreilles de Foinfoin qui s'assoupit sous sa peau d'ours.

Foinfoin passa la journée suivante à observer Magoek, un être silencieux et solitaire. Même s'il aimait tous les enfants, le nain eut un coup de cœur pour ce jeune. Loin de ressembler aux autres gamins enjoués et dynamiques qui ne se déplaçaient qu'en troupe, Magoek, lui, s'isolait, ne tolérant qu'un «Foenfoen» muet comme une carpe à côté de lui. Dès que le moment venait d'être initié à la chasse, à la pêche et aux jeux d'équipe,

Magoek s'arrangeait toujours pour filer en douce, au grand désarroi de son père.

Quelques paroles de Tschigewa avaient suffi à Foinfoin pour comprendre l'ampleur de sa mission.
— Vous sauver fils à moi. Vous changer Magoek. Magoek pas comme autres enfants. Magoek devoir chasser. Chanter. Parler. Voyager. Construire canot. Magoek toujours seul. Moi, confiance vous.
— Oui, moi comprendre, avait répondu le petit homme, impressionné par ce Grand Chef au regard d'aigle et de plus en plus inquiet de ne pas pouvoir réussir sa mission. Moi, faire mon possible. Moi promettre.

Plusieurs jours s'écoulèrent. Malgré les tentatives de Foinfoin, Magoek demeurait fidèle à lui-même. Par un beau matin ensoleillé, Foinfoin demanda à Tschigewa la permission d'aller se balader sur le bord de la rivière. Seul, pour mieux réfléchir. Il prétexta qu'il y trouverait peut-être quelques idées pour aider Magoek.
— Foenfoen pas besoin autorisation. Foenfoen savoir quoi faire. Foenfoen libre ici.

En chemin, le nain se récita les paroles du Grand Chef, mais il devait bien s'avouer qu'il était pétri de doutes.

— Foenfoen peut-être libre mais Foenfoen pas savoir quoi faire tant que ça !

Tandis qu'il marchait, le promeneur avait l'impression d'entendre des craquements de branches derrière lui. Chaque fois qu'il se retournait pour vérifier si quelqu'un le suivait, les bruissements cessaient aussitôt. Lorsqu'il reprenait la route, les bruits recommençaient.

— Qui est là ? Je sais qu'il y a quelqu'un, dit-il en regardant autour de lui.

Encore quelque pas et d'autres petits bruits secs.

« J'espère que ce n'est pas une ourse qui a perdu ses petits… Tschigewa dit que ce sont les créatures les plus dangereuses de la forêt… »

Les jambes arquées du pauvre Foinfoin se mirent à trembler, s'entrechoquant comme des castagnettes. Une mère ourse ivre de fureur le suivait. Il en avait la certitude.

Il marcha encore sur quelques mètres en chancelant et, incapable de continuer, il fit soudainement volte-face, persuadé de croiser le regard de la bête sauvage. Quelle ne fut pas sa surprise de reconnaître nul autre que Magoek !

— Ah, c'est toi ! Ours ! Euh, je veux dire : Ouf !

— Je suis désolé, je ne voulais pas vous faire peur, dit Magoek, tout bas. J'avais envie de vous accompagner... Je... euh...

— Tu ne m'as pas fait peur, mentit Foinfoin.

Immensément soulagé, il invita gentiment le fils du Grand Chef à faire la route avec lui.

Pendant plusieurs heures, les deux compagnons marchèrent en silence. Foinfoin, préoccupé par l'échec de sa mission, n'avait aucun mal à garder la bouche fermée. « Que faire pour rendre cet enfant plus bavard ? Plus sociable ? Plus actif ? Comment faire de lui un bon chasseur ou un pêcheur d'élite ? » se questionnait-il, découragé. Tout en s'interrogeant, Foinfoin observait le garçon qui regardait longuement les insectes, observait les plantes, écoutait attentivement le chant des oiseaux. Il semblait ne faire qu'un avec la nature.

Magoek s'agenouilla devant une grosse roche sur laquelle se débattait une coccinelle sur le dos.

— Comme la vie lui semble pénible, n'est-ce pas? murmura le garçon. Tu sais, Foinfoin, enchaîna-t-il sur le ton de la confidence, cette coccinelle me fait un peu penser à moi. J'ai parfois l'impression d'être à l'envers, moi aussi.

Magoek saisit délicatement la coccinelle et la redéposa sur ses pattes. Aussitôt, elle déplia ses ailes et prit son envol.

Ému tant par ces aveux que par le sauvetage de la petite créature, les yeux globuleux de Foinfoin s'embuèrent.

— J'aimerais bien pouvoir t'aider à prendre ton envol, comme tu l'as fait avec cette coccinelle, mais je dois être franc avec toi… je n'y parviens pas.

— Oh si, dit le garçon, c'est exactement ce que tu fais. Grâce à toi, Foinfoin, j'ai l'impression d'être retombé sur mes pattes moi aussi.

— Mais, je n'ai rien fait, balbutia Foinfoin.

— Justement.

Heureux de voir qu'il avait pu apporter du mieux à cet enfant, même en ne faisant rien, le nain décida de s'entretenir sans plus tarder avec Tschigewa sur sa mission de sauvetage.

Devant un feu crépitant et après avoir vidé une bonne tasse de tisane préparée par Nukum pour se donner encore plus de courage, Foinfoin s'adressa au Grand Chef:

— Vous pas besoin de moi. Magoek, pas besoin de moi non plus. Magoek enfant sensible. Magoek besoin vous comprendre lui. Magoek besoin vous accepter lui. Magoek enfant attachant. Place ici pour Magoek même si différent.

Après un interminable silence où le regard du Grand Chef se perdit dans les flammes qui éclairaient ses traits durcis, celui que tous considéraient comme le Sauveur devint un peu craintif.

« Comment Tschigewa va-t-il réagir ? N'est-ce pas de la déception que je lis sur son visage ? »

Les mains de Foinfoin devinrent tellement moites qu'elles auraient pu à elles seules éteindre le feu. Le crépitement des bûches rougeoyantes faisait sursauter le petit homme à chaque seconde.

Le Grand Chef Tschigewa prit enfin la parole.
— Moi trouver Foenfoen fantastique, formidable, exceptionnel. Moi, toujours souvenir de vous. Vous toujours bienvenu ici. Merci.

Solennellement, l'Amérindien déposa dans les mains de Foinfoin un petit oiseau aux ailes déployées, sculpté dans un os d'orignal.
— Pour vous. Porte-bonheur. Vous avoir réveillé moi. Vous avoir rendu moi plus sage. Vous partir maintenant. Vous avoir d'autres missions. Vous attendu dans école très spéciale.

Foinfoin quitta le village de Nakatshun à l'aube, sans laisser de traces.

CHAPITRE 3

Fabien, le p'tit nouveau

— Laissez-moi tranquille, ne me touchez pas, criait Fabien à tue-tête.

Dans le local des élèves de 5e de l'École des Quatre-Saisons, le jeune garçon aux cheveux blonds se débattait vigoureusement. Il tentait, tant bien que mal, de se libérer des mains de monsieur Dupuis, son enseignant, et de celles de Rachelle LeCœur, l'éducatrice spécialisée qui l'accompagnait durant les heures de cours.

Devant cet événement devenu presque habituel dans cette classe, les autres élèves se contentaient d'exécuter les consignes qui leur avaient été répétées à maintes reprises au cours des dernières années :

— Lorsque l'alarme de feu se fait entendre, dirigez-vous calmement vers la sortie d'urgence située à l'arrière de l'établissement tout en suivant le groupe. En aucun cas, vous ne devez vous rendre aux casiers pour récupérer vos bottes et manteaux, peu importe la saison…

Les enfants franchirent le seuil de la classe après avoir jeté un bref coup d'œil vers monsieur Dupuis et mademoiselle LeCœur qui s'efforçaient en vain de maîtriser Fabien, hurlant à qui mieux mieux.

— C'est cette maudite alarme qui a déclenché la crise, commenta Adam.

— Fabien n'aime pas le bruit, surtout lorsqu'il ne s'y attend pas, renchérit Juliette.

— On aurait dû nous prévenir qu'il y aurait cet exercice, grogna Maxim. Nous aurions pu lui en parler et il ne se serait pas énervé comme ça !

— Mais si on nous avisait à chaque fois qu'il y a un exercice de feu, comment la direction pourrait-elle savoir que nous sommes vraiment prêts à faire face à une réelle situation d'incendie ?

— Tu as raison, Juliette, dit Adam. Et moi, contrairement à toi, Maxim, je crois que même si Fabien avait été prévenu, il aurait réagi de la même manière.

Le petit groupe d'amis avait rejoint les autres enfants de l'École des Quatre-Saisons dans la cour. En ce matin d'automne frisquet (on était à la fin septembre), ils profitèrent de cette pause inattendue pour discuter du sort de leur ami Fabien.

— Mademoiselle LeCœur semble découragée et à bout de nerfs. Je ne serais pas étonnée qu'elle demande à changer de classe, dit Juliette.

— Moi, je ne crois pas que ce sera mademoiselle LeCœur qui changera de classe mais plutôt Fabien, répliqua Adam.

— Pourquoi dis-tu ça? demanda Maxim.

— La semaine dernière, j'ai surpris une conversation entre monsieur Dupuis, mademoiselle LeCœur et la directrice...

— Ils parlaient de Fabien? s'enquit Juliette, un peu inquiète.

Adam hocha la tête et chuchota, sur le ton de la confidence:

— Comme ses crises sont de plus en plus intenses et fréquentes, il devra être transféré dans une autre école si la situation ne s'améliore pas d'ici deux semaines.

Juliette et Maxim, attristés par cette nouvelle, n'avaient plus dit un seul mot de la matinée.

Adam ne s'était pas trompé. Quelques jours plus tard, monsieur Dupuis leur annonça le départ subit de leur ami.
— Ne soyez pas inquiets pour lui, il intégrera une école unique où il sera accompagné par des professeurs hors pair et un intervenant plus qu'extraordinaire. (Monsieur Dupuis avait lui-même fréquenté l'*École des Gars*, il y a de cela plusieurs années, alors il savait de quoi il parlait!)

Adam, Juliette et Maxim furent soulagés à l'idée de savoir leur ami entre de bonnes mains. Sans oser l'admettre, les élèves de la classe de 5e s'étaient sentis délivrés d'un poids avec le départ de Fabien. Bien qu'attachés à lui, ils ne pouvaient pas nier que les dernières semaines avaient été éprouvantes. Les crises de Fabien ne cessaient de se multiplier depuis la rentrée scolaire. Tout pouvait s'avérer un déclencheur. La visite d'un policier en classe, le rire strident ou inattendu d'un élève, la projection d'une vidéo trop bruyante, le ton un peu élevé de l'enseignant dans la classe, le brouhaha de la cafétéria bondée de jeunes excités, un mauvais résultat scolaire, la date devancée de la remise d'un travail… Tout, absolument tout.

Les jeunes de l'École des Quatre-Saisons avaient l'impression de devoir marcher sur des œufs en présence de Fabien. Ils s'attendaient sans cesse à une explosion d'émotion qui se manifestait à chaque fois de la même manière. Coups de pieds, hurlements, tapes sur la tête. Rien de facile à maîtriser pour le personnel. Rien d'agréable à regarder pour les élèves, même si, par la force des choses, ils avaient dû s'y habituer.

La première journée de Fabien dans son nouvel établissement avait été fixée au 18 octobre. L'expérience du trajet dans l'autobus fort animé de l'*École des Gars* aurait pu être pour lui particulièrement pénible… Car, contrairement à la plupart des garçons (et à Léonie, la seule fille à l'*École*

des Gars) qui prenaient un vif plaisir à s'y retrouver tous les matins pour bavarder à tue-tête, Fabien, allergique au bruit, avait les transports en commun en horreur.

C'était d'ailleurs la première fois depuis l'expérience traumatisante de sa rentrée en maternelle qu'il prenait l'autobus scolaire.

Fidèles à la tradition d'accueil des nouveaux arrivants, les élèves de l'École se préparaient à piocher sur la carrosserie jaune poussin de l'autobus en hurlant son prénom « Fabien, Fabien, Fabien ! », comme s'ils acclamaient un célèbre joueur de hockey , un champion de ski dévalant des pentes enneigées ou une vedette rock de renommée planétaire.

Devant la mine effrayée du garçon blond qui attendait l'autobus sur le trottoir de l'avenue Espoir, monsieur Plouffe, le chauffeur moustachu, se rappela soudainement le texto que Firmin Dussault, le directeur de l'*École des Gars*, lui avait envoyé la veille :

Cher Monsieur Plouffe,

Veuillez aviser nos jeunes capsules d'énergie qu'à partir de maintenant (et ce, pour une période indéterminée), ils devront demeurer calmes tout au long du trajet en autobus. Je vous laisse le soin de leur expliquer les motifs de ce changement. Je suis convaincu qu'ils se montreront compréhensifs.

Bien cordialement,

Monsieur Firmin

— Taisez-vous ! cria monsieur Plouffe.

Saisis par son intervention (c'était la première fois qu'ils entendaient la voix de ce chauffeur que l'on croyait muet !), les gars, ainsi que Léonie, gardèrent le silence, tandis que Fabien rentrait dans le véhicule. Voyant que le Nouveau restait planté dans l'allée, le regard obstinément dirigé vers ses pieds, Gus, un 5e année aussi fougueux que gentil, comprit qu'il était paralysé par la timidité.

— Assieds-toi ici, lui dit-il doucement, en tapotant le siège libre à côté de lui.

Monsieur Plouffe immobilisa plusieurs fois son véhicule sur le bas-côté pour faire comprendre à ses passagers que désormais, le calme devait régner, pour le bien de Fabien. Le chauffeur ne desserrait pas ses lèvres dissimulées par son épaisse moustache, mais il foudroyait du regard le premier qui s'aventurait à parler ou à rire trop fort. Les jeunes comprirent qu'ils devaient désormais se montrer plus silencieux. Leurs faces d'enterrement témoignaient de leur déception devant l'interdiction de faire du bruit.

Au grand désarroi des jeunes, le chauffeur n'était pas le seul à avoir modifié ses consignes…

À l'École, plus rien n'était pareil. Alors que jusque-là, tous avaient le droit de courir à perdre haleine sur l'asphalte turquoise de l'immense cour, dorénavant, il fallait se contenter de marcher. Et si la plupart des élèves avaient toujours apprécié le fait de pouvoir hurler lors des cours d'éducation physique, ce privilège ne s'appliquait plus aujourd'hui. On devait maintenant chuchoter tant en classe que dans les corridors et à la cafétéria. Finalement, il fallait en tout temps être aussi calme que dans la plus paisible des bibliothèques.

Les séances de défoulement sur le sac d'entraînement mis à la disposition des élèves désireux d'expulser leur trop-plein d'énergie avant les cours de mathématiques furent retirées de l'horaire, au grand dam de Rémi et Guillaume qui raffolaient de cet exercice.

Patrick et Samuel, les jumeaux spécialistes des arts martiaux, remarquèrent la diminution du nombre d'heures consacrées à leur sport favori, le karaté. Aucun combat devant public n'avait eu lieu depuis le 18 octobre. Rien. Tout comme les compétitions amicales de natation et les matchs de soccer prévus à l'horaire qui furent annulés.

Les jours suivant l'arrivée de Fabien furent éprouvants pour Foinfoin. À tour de rôle, les élèves de 6e année, Rémi, Guillaume, Justin, Alexi, Samuel, Patrick et les autres, se pointèrent à son bureau pour se plaindre. Découragés, démotivés, légèrement en colère, ils se désolaient de ce qu'était devenue leur super école.

— Sac à papier ! On ne peut ni bouger ni faire de bruit pour ne pas effrayer le Nouveau ! protesta Rémi.

— Tu dois faire quelque chose, Foinfoin, l'*École des Gars* est en train de se convertir en couvent, se plaignit Alexi.

— *Boy* de *boy*, gémit Guillaume, bientôt, on va m'interdire de me gratter la tête… (Le garçon avait en effet l'habitude de faire des mouvements brusques en se grattant le toupet, créant ainsi toutes sortes de coiffures farfelues avec ses cheveux roux, pour le plus grand plaisir de ses amis.)

— Ça n'a p-p-lus d-d-de sens, F-F-Foinfoin, il faut chuchoter tout le temps, dit Justin qui, angoissé par les restrictions du nouveau code de vie, s'était remis à bégayer.

Ceux de 5e n'avaient pas tardé à suivre.

— Ce n'est plus comme avant ici, j'étouffe, confia B. B. (Benoît Berthier).

— Nous aussi, renchérirent Nataniel, Peppy, Denis et Mathis.

— Je ne voudrais pas vous insulter, Monsieur Foinfoin, mais il faudrait revoir votre dépliant, avait dit Gus en déposant le feuillet promotionnel de l'*École des Gars* sous le nez du petit homme. (Il avait pris soin de vouvoyer ce dernier pour lui témoigner son plus grand respect.)

— Finalement, je crois bien que mon ancienne école était plus amusante, lança Léonie en croisant les bras sur sa poitrine, l'air renfrogné.

Cette dernière remarque fut la goutte d'eau qui fit déborder le vase et obligea Foinfoin à réagir sur-le-champ. Dès que Léonie eut tourné les talons, Foinfoin accrocha sur la poignée de sa porte la pancarte qui indiquait une absence temporaire et s'éloigna à petits pas rapides.

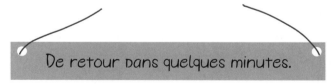

De retour ᴅans quelques minutes.

Le nain était à bout de souffle. Fermant les yeux pour mieux se concentrer, il prit son pouls pendant dix secondes. Puis il s'adressa à l'homme élégant qui le regardait, amusé, derrière le bureau étincelant de propreté.

— Monsieur le Directeur, je suis un peu embêté, dit-il de sa voix nasillarde. Pour ne pas dire TRÈS embêté. Avec ces nouvelles consignes, ces innombrables appels au calme, ces interdictions de faire du bruit, les élèves de 5e et de 6e commencent à regretter leurs anciennes écoles. Il faut faire quelque chose. La démotivation est à son comble. Nous assistons présentement à une réelle dégringolade de l'humeur de nos chers élèves.

Le petit homme se tortilla, un peu gêné d'assommer Firmin Dussault avec ces observations négatives.

— Notre couvée n'apprécie pas non plus de devoir garder le silence dans l'autobus. Plusieurs sont déjà venus se plaindre de ce nouveau règlement.

— Je sais, Foinfoin, lui répondit Firmin Dussaut en se massant le menton. Monsieur Plouffe m'a avisé par texto. Nos garçons sont de jeunes hommes pour la plupart turbulents et actifs. Même Léonie « en a dedans », comme on dit, alors qu'au contraire, notre cher nouveau est plutôt réservé. Cela demandera une grande capacité d'adaptation à nos élèves, mais je suis certain qu'avec ton aide, ils y parviendront. Tu aimes les défis… En voilà un beau, juste pour toi!

Ragaillardi par cette remarque, le nain hocha sa tête en forme d'œuf. Puis, il clopina vers la porte en songeant déjà à une solution originale et efficace pour résoudre ce problème. Fidèle à ses habitudes, il quitta le bureau du directeur en lançant un de ses proverbes de circonstance qui fit sourire monsieur Firmin:
— *Ce qui fait l'homme, c'est sa grande faculté d'adaptation!* Celui-là, il est de Socrate.

Oui, Foinfoin était un être exceptionnel. Au cours de ses dernières années à l'*École des Gars*, le petit homme avait déjà réalisé plusieurs petits miracles. Il avait aidé Rémi à retrouver sa confiance en soi mais surtout, sa motivation à apprendre. Grâce à une de ses idées de génie (une mémorable séance de parachutisme), Justin s'exprimait maintenant de manière plus fluide. À son contact, Gus et Alexi, les durs à cuire, s'étaient assagis, Guillaume avait recommencé à marcher, Patrick et Samuel canalisaient mieux leur énergie… Quant à Léonie, la seule fille de l'*École des Gars*,

Foinfoin l'avait amenée à retrouver goût à la vie. Rien de moins.

Impossible de ne pas tomber sous le charme de ce petit homme fabuleux. Ses projets farfelus, ses potions miraculeuses et réconfortantes, ses proverbes (appropriés ou pas) faisaient bien sûr que tout un chacun l'appréciait. Mais ce qui rendait Foinfoin si attachant, c'était avant tout son écoute, sa simplicité et sa bonté.

Eh oui ! Foinfoin, bien que toujours très occupé à trouver des solutions aux différents problèmes, à concocter ses potions magiques, à fouiller dans ses vieux grimoires, à inventer des machines à bulles, à décorer son bureau (surnommé *la grotte*), à organiser des fouilles dans la forêt, des chasses aux trésors et plus encore, trouvait toujours le temps d'accueillir et d'écouter les autres.

Cet après-midi-là, Foinfoin se trouvait confronté à une nouvelle difficulté qui lui paraissait insurmontable. Il décida d'aller marcher aux alentours de l'école.

À cette heure précise, même si les élèves étaient en classe, il aurait dû entendre le bruit sourd de quelques rires ou des chœurs récitant très haut et très fort des règles de grammaire ou des tables de multiplication. Il aurait dû aussi entrevoir un élève courir à toute vitesse dans la cour d'école pour se défouler un peu, avant de regagner son cours de français, de mathématiques ou d'univers social. Or, c'était le calme plat. Aucun son, aucun mouvement n'animait les lieux.

« Alexi n'a pas tort en comparant l'*École des Gars* à un couvent. Il faut faire quelque chose. Si nous maintenons les interdits pour le bien de Fabien, c'est tous les autres que nous perdrons. Il faut réagir. Et rapidement. », pensa le nain.

Foinfoin, perturbé à l'idée de perdre la motivation de ses protégés, songea à un proverbe apaisant :

« Si un problème a une solution, alors il est inutile de s'inquiéter ; s'il n'en a pas, s'inquiéter n'y changera rien. »

Foinfoin sillonna la cour d'école à la vitesse de l'escargot, ses petites mains jointes derrière son dos. Il réfléchissait intensément en regardant l'immense terrain de tennis désert et la piscine encerclée de flotteurs aux multiples couleurs, aussi immobiles que des grenouilles sur leurs nénuphars. Ralentissant le pas, Foinfoin s'arrêta devant l'installation de *bungee*. Son regard grimpa vers le sommet de la structure pour redescendre ensuite au sol, tel un ascenseur en mouvement.

— Tout cela est-il nécessaire au bonheur de nos jeunes ? murmura-t-il, perplexe.

Il continua sa marche sur le sentier qui s'enfonçait dans la forêt. Après un kilomètre, il s'arrêta devant un bloc de granit presque aussi haut que lui. C'est sur cette roche qu'il aperçut, à la hauteur de ses yeux, une coccinelle sur le dos, les pattes frétillantes, cherchant à se retourner.

« Bizarre, j'ai comme une impression de déjà-vu... », se dit le nain en prenant l'insecte délicatement entre ses doigts pour le déposer à l'endroit, sans que toutefois aucun souvenir ne lui revienne. Cependant, alors que la coccinelle s'envolait, il eut soudain une idée... Celle de modifier quelque peu le programme d'activités de l'*École des Gars*...

De retour à l'école, convaincu qu'il détenait la solution au problème, il se mit rapidement au travail, sans même demander l'avis de Firmin Dussault.

CHAPITRE 4

Un programme bien spécial

Fier du résultat de son travail acharné, Foinfoin se dirigea vers le bureau de monsieur Firmin et réclama une rencontre d'urgence avec les enseignants: messieurs Sylvain, Chang, Bernard-Aristide, Zolan et Brandon.

En moins de deux, tous se rejoignirent dans la tour sud-ouest, où se trouvait la bibliothèque et au beau milieu, Foinfoin, vêtu d'un pantalon fluide bleu nuit et d'un t-shirt assorti, un mince tapis déroulé à ses pieds.

— Hum, hum.

Un peu tendu, Foinfoin toussota comme il avait l'habitude de le faire avant chacune de ses allocutions.

— Chers collègues, avec tout le respect que je vous dois, force est de constater que nos garçons, ainsi que notre belle Léonie, manquent un peu d'intérêt pour leurs études. Si nous continuons comme ça, l'année sera longue, très longue. Je ne vous apprends rien en vous disant que la motivation des élèves a toujours été au cœur de nos préoccupations et que notre objectif premier est de veiller à ce qu'elle demeure intacte ou même qu'elle devienne plus forte, et ce, pour chacun de nos jeunes.

Foinfoin poursuivit, sur un ton plus que solennel :
— Je comprends que notre mandat est aussi d'intégrer Fabien à nos troupes. Il s'agit d'un jeune homme ultrasensible et aux prises avec une difficulté d'adaptation, si je peux m'exprimer ainsi…
Les hommes hochèrent aussitôt la tête en guise d'approbation.
— … alors voici. Nous devons nous rendre à l'évidence. Notre école n'est pas faite pour lui.

Les six hommes, éberlués par une telle conclusion, protestèrent vivement :
— Mais voyons Foinfoin, on ne peut pas abandonner comme ça ! s'exclama monsieur Chang.

Les autres approuvèrent l'Asiatique à grands renforts de : « Il n'en est pas question ! », « Bien d'accord ! », « On te suit, Chang ! ».

— Nous avons déjà relevé des défis bien plus grands, poursuivit monsieur Sylvain en tendant les bras vers le ciel, ce qui allongea encore plus sa silhouette d'asperge.

— Mon cher Foinfoin, peut-être es-tu un peu fatigué ? dit calmement Firmin Dussault. Nos collègues ont raison, l'*École des Gars* s'est donné pour mission d'accueillir TOUT ÉLÈVE VOULANT L'INTÉGRER, PEU IMPORTE SA DIFFICULTÉ. Nous ne baisserons pas les bras si vite et…

— Tut tut tut, un instant, mon cher Directeur, l'interrompit Foinfoin de sa voix nasillarde. Qui a parlé de baisser les bras ?

Les hommes échangèrent des regards chargés d'incompréhension.

— Tu viens de dirrre qu'il fallait se rrrendre à l'évidence, dit monsieur Zolan (l'enseignant d'arts plastiques roulait les *r*).

— Que notre école n'était pas faite pour Fabien, renchérit monsieur Brandon avec son bel accent anglais.

— Mouais... Faut-il en déduire qu'on doit le renvoyer ? grommela monsieur Bernard-Aristide, en posant ses poings sur ses hanches, l'air furieux.

Foinfoin secoua la tête de gauche à droite, constatant que ses collègues ne l'avaient pas suivi dans son raisonnement. Pire, qu'ils ne lui faisaient pas confiance.

— Messieurs, je n'ai jamais dit qu'il fallait renvoyer notre élève. J'ai simplement dit que notre école n'était pas faite...

— FOINFOIN !!! s'écrièrent les cinq enseignants en chœur.

Monsieur Firmin leur demanda calmement le silence afin que Foinfoin puisse s'expliquer.

— Vas-y, on t'écoute.

— Bon, merci Monsieur le Directeur, dit le nain nullement ébranlé par toutes ces interruptions. J'affirme seulement que notre école n'est peut-être pas faite pour Fabien, mais qu'il n'en tient qu'à nous de la modifier.

— La modifier ? Elle est déjà super, notre école !

— Oui, avec son petit château vert fluo, son immense terrain de sport gazonné, son terrain de tennis, ses allées de bowling, sa piscine olympique, nos chasses aux trésors, nos tournois, nos compétitions, énuméra monsieur Sylvain.

— Justement, il est peut-être là le problème, dit Foinfoin.

Les hommes voyaient de moins en moins où le nain voulait en venir.

— Continue, mon ami, l'encouragea monsieur Firmin.

— Voilà. Depuis des années, nous permettons à des jeunes de reprendre goût à l'école grâce à nos activités dynamisantes et stimulantes. Avec l'arrivée de Fabien, nous ne pouvons plus les proposer. Alors, si on changeait simplement la formule ?

— Mais c'est exactement ce qu'on fait ! lança aussitôt monsieur Bernard-Aristide. On ne leur permet plus ni de courir, ni de crier, ni de rire trop fort. Il y a déjà trop d'interdits. Nous allons à l'encontre de ce qui est le fondement de notre école. Et ça ne semble pas être la solution au problème.

— Mais qui a parlé d'interdits ? Moi, je propose tout simplement un programme plus ZEN !

Pour illustrer son idée, Foinfoin s'installa sur son tapis dans la position du lotus. Le dos bien droit et la tête comme reliée au ciel par un fil de pêche invisible, il déposa lentement les mains sur ses genoux. Puis, les yeux mi-clos et la bouche entrouverte, il inspira profondément. « Aahm… Aahm… »

Très lentement, en détachant bien ses syllabes, il expliqua :

— Messieurs, nous devons changer notre façon de faire et montrer à nos élèves comment retrouver la motivation en passant par un chemin plus calme. Fini les chamailleries, les cris, les grands défis. Nous allons leur enseigner la relaxation, la respiration, la méditation. Hum… n'est-ce pas merveilleux ? conclut Foinfoin en état de profonde méditation lui-même.

— Foinfoin ! Foinfoin !

— Heu, oui, des questions ?

— Comment va-t-on expliquer ce changement de cap aux parents ? Aux enfants ?

— Mes très chers amis, soyons zen. Ici et maintenant. *Nous traverserons la rivière quand nous serons rendus au pont… ou plutôt, nous traverserons le pont quand nous serons rendus à la rivière.* Enfin bref. En attendant, voici le programme.

Foinfoin prit la pile de documents qu'il avait cachée sous son tapis de yoga et remit une copie à chacun.

Plan B : Le programme 100 % zen de l'École des Gars :

1 - On développe nos sens dans la forêt!
2 - On est gaga du yoga!
3 - On pratique la gymnastique du cerveau!
4 - À vos crayons, on conçoit un journal créatif!
5 - On goûte au plaisir de la respiration zen...
6 - La danse de la joie : 1-2-3, on y va!
7 - On s'amuse à fabriquer des huiles essentielles.
8 - On élimine nos toxines... dans le sauna!
9 - Dis-moi qui tu es, je te dirai qui je suis...
10 - On retourne en classe!

Monsieur Chang eut tôt fait de remarquer qu'il n'avait pas le même document que ses collègues.

Il lisait :

Visite à Nakatshun,
Un village amérindien ancestral resté intact...
Où la nature vous foudroie par son charme ;
Où la grande rivière sillonne de majestueuses montagnes ;
Où chasse et pêche riment encore avec survie, quotidien et bonheur ;
Où les effluves de saumon fumé vous mettent l'eau à la bouche ;
Où les nuits à la belle étoile vous inspirent des rêves romantiques ;
Où le son du tambour vous redonne goût à la danse.

Vivez l'expérience unique de vos ancêtres amérindiens en faisant :
- de l'artisanat (*kussikuashunanu*)
- de la chasse (*natau*)
- de la pêche (*kusseu*)
- du kayak (*kapeikukakanit*)
- de la cueillette (*natamishinanu*)
  et plus encore...

Pour réservation, appelez-moi sans tarder au 1 800 383-6563.
Grand Chef de Nakatshun

— Oups, dit Foinfoin en reprenant la feuille un peu froissée. J'ai reçu ce prospectus ce matin. J'ai dû le glisser par erreur dans ma pile. Excusez-moi, monsieur Chang.

Perdu dans sa paperasse, il remit finalement le bon document au professeur de maths.
— Petit déficit d'attention ? glissa gentiment Firmin Dussault à l'oreille de Foinfoin.
— C'est ce qui fait notre charme, n'est-ce pas ? répondit le nain à son ami en lui faisant un clin d'œil.

Pendant ce temps, les enseignants lisaient attentivement le programme, mi-intéressés, mi-sceptiques.

Firmin Dussault fut le dernier à terminer sa lecture. En effet, bien qu'il soit le directeur de l'*École des Gars*, l'homme charismatique éprouvait de sérieuses difficultés en lecture et en écriture. Il se plaisait à répéter à ses protégés que ces embûches ne l'avaient nullement empêché de réaliser le rêve de sa vie, devenir directeur d'école. (Ce témoignage redonnait toujours beaucoup d'espoir aux garçons qui, parfois, doutaient de leur avenir.)

Les enseignants, respectueux de ce rythme de lecture plutôt lent, attendaient patiemment l'avis de Firmin Dussault qui donna son verdict avec un tonitruant:

— Approuvé!

— Ouf, souffla Foinfoin.

Aussitôt, les questions fusèrent les unes après les autres:

— Mais Foinfoin, les mathématiques, elles n'apparaissent pas dans ton programme? On doit bien les retrouver quelque part, n'est-ce pas? demanda monsieur Chang.

— Et le français? renchérit monsieur Sylvain.

— C'est très bien la gymnastique du cerveau, mais où est la gymnastique du corps? s'inquiéta monsieur Bernard-Aristide.

Foinfoin leur répondit d'un ton rassurant:

— Messieurs, sachez que je reconnais et reconnaîtrai toujours l'importance de vos matières respectives. Toutefois, notre situation actuelle est critique et nous devons réagir rapidement. Je suis persuadé que retirer, TEMPORAIREMENT bien sûr, les matières conventionnelles ne fera aucun tort à nos jeunes. Bien au contraire. D'ici quelques semaines, peut-être même avant, il sera bien encore temps de se replonger dans la programmation normale.

Après une courte réflexion, monsieur Chang annonça qu'il adhérait au projet :
— J'embarque.
— Moi aussi, dit monsieur Sylvain de sa voix fluette. Permettez-moi de douter quelque peu des résultats mais l'idée est bonne.
— Je suis parrrtant pour mettrrre en prrratique ce nouveau prrrogrrramme, annonça monsieur Zolan.
— *We've got nothing to lose to try it*, fit monsieur Brandon.
— Tope là, conclut monsieur Bernard-Aristide.

Sept mains se levèrent et le vigoureux enseignant d'éducation physique les frappa une à une pour sceller l'acceptation du plan zen.

Réjoui de recevoir enfin l'appui de ses collègues, Foinfoin leva la séance en proposant aux membres de son équipe de se répartir les tâches selon leurs intérêts respectifs.

— *Heureux le corps pour qui l'âme travaille*, lança le nain en s'éloignant.

Les enseignants ainsi que Firmin Dussault commentaient le plan de leur collègue fantaisiste lorsque leur discussion fut interrompue par les crissements du micro suivis d'un message provenant des haut-parleurs situés aux quatre coins du plafond de la tour.

— CRIIIIISH, SCROUNCH, CRIIIIISH. 1-2, 1-2, test, 1-2, 1-2, test. Monsieur Firmin, il faudra commander au plus vite les matériaux nécessaires à la construction du sauna finlandais. Je vous envoie la liste par courriel dès cet après-midi. Ce sera tout pour les achats. À cette période de l'année, nous utiliserons l'eau froide de la piscine, nul besoin d'acheter le bain turc. C'est une bonne nouvelle! CRIIIIISH, SCROUNCH, CRIIIIISH, HIIINNN!!!

— Sacré Foinfoin, murmura le directeur en souriant, avant d'inviter le corps professoral à retourner à ses occupations.

CHAPITRE 5

À vos marques, prêts, respirez...

Jour 1

Les matériaux furent livrés à l'aube le lendemain. Dès que les gars et Léonie sortirent de l'autobus, Foinfoin sollicita leur aide pour entreprendre la construction du sauna finlandais. Après des explications détaillées (tirées d'un plan trouvé sur Internet), il invita les élèves à se mettre au travail.

Rémi, Patrick, Samuel, Gus et Alexi transportaient et déposaient les planches de pin nordique près du gymnase. Le travail physique ne faisait pas peur à cette petite troupe. Dirigé d'une main de maître par Justin, qui avait un don pour comprendre des plans, le projet progressait à grande vitesse.

— Sac à papier, Justin, comment fais-tu pour comprendre ce schéma ?! s'exclama Rémi. C'est du vrai chinois pour moi.

— C'est pas du chinois, dit Tuang, sinon, je le comprendrais, ce plan !

Tous se mirent à rire devant ce commentaire émis par le seul 6e année d'origine chinoise.

La deuxième équipe, celle de B. B. et Denis, était affectée à la scie ronde. La tâche était périlleuse, mais Foinfoin veillait à ce que les garçons redoublent de prudence.

— Mes braves, la moindre inattention de votre part pourrait vous coûter un doigt ! les prévint-il. Mais je vous fais confiance, vous êtes des garçons aussi habiles que vigilants. Et toi, Léonie, je t'inclus dans ce compliment. Ton aide leur sera précieuse !

Grâce à ces commentaires positifs de leur ami, les jeunes se sentaient pousser des ailes. Les élèves de 5e et de 6e travaillèrent ainsi d'arrache-pied toute la journée.

Lorsque monsieur Firmin vint jeter un coup d'œil aux travaux en milieu d'après-midi, personne ne s'aperçut de sa présence, tant tout le monde était concentré sur sa tâche. Seuls les bruits de scies à onglets et de scies sauteuses, de ponceuses, de tournevis électriques et de marteaux se faisaient entendre. Et parfois, quelques sifflotements heureux se frayant un chemin à travers le vacarme, un commentaire de l'un par-ci, une blague de l'autre par-là.

Un *OUCH* de Foinfoin toutes les cinq minutes provoquait des sourires sur les visages des jeunes. Décidément, le nain n'avait aucune aptitude pour le maniement du marteau !

À la fin de la journée, Foinfoin, le pouce enrubanné dans un pansement confectionné par Guillaume, les félicita chaleureusement :

— Encore une fois, chers élèves, vous avez fait preuve d'initiative et de persévérance. Et vous vous êtes montrés rigoureux dans l'accomplissement de vos tâches. Vous êtes maintenant de vrais bâtisseurs. Réjouissez-vous d'avoir ajouté cette nouvelle corde à votre arc ! s'exclama le motivateur des troupes. Bravo ! Mille fois bravo !

La troupe attendit ensuite patiemment l'arrivée des enseignants qui avaient été invités à venir admirer les résultats de leur travail.

Les hommes, ainsi que Firmin, s'exclamèrent devant le sauna finlandais.

— Je suis imprrressionné par votrrre ouvrrrage, déclara monsieur Zolan.

— C'est vraiment génial! s'écria monsieur Bernard-Aristide. Quand pourra-t-on l'inaugurer?

Des « Wow! » émerveillés s'échappaient de la bouche de monsieur Brandon.

— Vous avez construit tout ça en une seule journée? s'extasia Firmin Dussault.

Les éloges fusaient de partout. Fiers de leur réalisation, les élèves regagnèrent l'autobus le cœur rempli de joie et aucun d'eux n'eut de mal à s'endormir ce soir-là, sauf Fabien.

Le Nouveau s'était cloîtré dans la bibliothèque une grande partie de la journée. Les enseignants avaient jugé bon de le laisser tranquille. Trop de bruit, trop d'agitation, trop de tout. Fabien préférait rester à l'écart…

Jour 2

L'autobus s'arrêta devant la maison de Fabien un peu avant huit heures. Le regard fuyant, évitant de poser ses yeux sur l'engin, le garçon resta immobile sur le trottoir, les bras croisés sur sa poitrine. Alors que les passagers ainsi que le chauffeur lui faisaient signe de monter à travers les fenêtres, le garçon tourna les talons pour rentrer chez lui en grognant. Quelques secondes plus tard, Mélodie Lemieux, la mère de Fabien, apparut sur le perron, la mine chagrinée, et fit signe au chauffeur moustachu de poursuivre le trajet sans son fils.

Monsieur Plouffe appuya lentement sur l'accélérateur. Léonie et Guillaume, assis côte à côte juste derrière lui, aperçurent ses yeux embués dans le rétroviseur. Ils furent émus devant la manifestation de chagrin du chauffeur. Malgré son mutisme et son caractère renfermé, les élèves avaient appris à apprécier m'sieur Plouffe, comme ils l'appelaient tous. Habituellement, m'sieur Plouffe restait de marbre devant l'agitation des jeunes de l'école et ne montrait jamais ses sentiments. Mais l'attitude fermée de Fabien et son refus catégorique d'intégrer le groupe ce matin-là devaient lui laisser un sentiment d'échec…

En arrivant à l'école, les jeunes se précipitèrent vers le bureau du directeur pour l'informer de la situation. Courant à vive allure dans les longs corridors aux planchers bien vernis, ils étaient heureux d'avoir une mission plus importante que celle de se rendre tout de suite en classe. Mais quelle ne fut pas leur déception lorsque, interceptés par Foinfoin, ils reçurent tous (y compris Léonie) la consigne d'aller en classe immédiatement.

— Calmez-vous, jeunes hommes et jeune fille. Monsieur Firmin est déjà au courant. Rien ne sert de s'énerver ainsi. Je lui ai tout expliqué. Allez dans vos locaux et tâchez de vous concentrer sur vos nouvelles matières, lança-t-il avec amusement.

Résignée, la troupe rebroussa chemin.
— Comment se fait-il que Foinfoin soit au courant de la situation ?

— M'sieur Plouffe lui a sûrement envoyé un texto.

— Mais non, Foinfoin est allergique aux téléphones cellulaires. Il me l'a déjà dit! lança Léonie.

— Voyons, la gang, intervint Guillaume, Foinfoin sait tout avant tout le monde, grâce à son petit doigt!

Pendant que les jeunes expérimentaient l'activité n° 1 du programme, soit: *On développe nos sens dans la forêt*, monsieur Firmin avait tenté de joindre sans succès le domicile de Fabien.

Madame Lemieux, encore occupée à calmer son fils, ne prêta pas attention à la sonnerie du téléphone.

Heureusement, Mario Letendre, le père de Fabien, décrocha tout de suite:

— Bonjour monsieur Letendre, je suis Firmin Dussault, le directeur de l'*École des Gars*. Je suis vraiment désolé de ce qui s'est passé ce matin.

— Ce n'est pas votre faute, monsieur Dussault. Nous connaissons notre Fabien: c'était à prévoir qu'il refuse de prendre l'autobus un jour ou l'autre… Le problème, c'est qu'il ne veut plus mettre les pieds en classe, l'ambiance de votre établissement est trop agitée pour lui…

— Sachez que nous venons de mettre en place un nouveau programme dans le but de faciliter l'intégration de votre fils à notre école. J'ai bon espoir que cela fonctionne…

Monsieur Firmin prit un long moment pour expliquer au père inquiet les nouvelles orientations de son établissement.

Touché par tant d'efforts, monsieur Letendre proposa de conduire lui-même son fils à l'école le lendemain.

Les élèves avaient grandement apprécié leur journée en forêt. Être attentif à chaque bruit, chaque odeur, chaque image avait un effet très apaisant. Leur seul regret? Que Fabien n'ait pas pu profiter de cette expérience… Le lendemain, à l'unanimité, les élèves proposèrent de reprendre cette activité mais cette fois, avec celui qu'ils appelaient encore: le Nouveau. Le troisième jour du programme 100 % zen fut donc consacré à apprécier le calme du sous-bois, ce qui sembla convenir à Fabien. Accompagné par Gus, qui faisait de grands efforts pour parler doucement, le garçon ne fit pas de crise et esquissa même un sourire devant les tamias batifolant sur le tapis de feuilles mortes et les pitreries des écureuils dans les branches dénudées. Déjà, les élèves avaient hâte au lendemain. L'idée d'avoir congé – temporairement – des mathématiques, du français, de l'anglais, de la géographie et des autres matières faisait le bonheur de tous !

Au fil des jours, les parents des élèves de l'*École des Gars* remarquèrent de nombreux changements dans l'attitude de leur progéniture. Leurs enfants étaient, sans contredit, plus calmes, dociles, détendus, minutieux, posés, positifs et confiants. Très satisfaits de ces transformations, il ne vint à l'idée d'aucun parent de questionner l'équipe de l'école sur la raison de ces métamorphoses. Au grand soulagement de monsieur Firmin et de Foinfoin.

— Ils ont confiance en nous monsieur Firmin, dit Foinfoin pour expliquer le silence des parents. Et ils ont bien raison ! Ça vous inquiéterait de voir votre fils plus détendu au retour de l'école ?

— Non, bien sûr que non. Mais les parents doivent bien se rendre compte que nous n'offrons plus de cours conventionnels ?

— Monsieur Firmin, loin de moi l'idée de vous insulter, mais ne seriez-vous pas un peu naïf?

— Ah oui, et pourquoi donc?

— Voyons, Monsieur le Directeur, vous ne pensez toute de même pas que les jeunes racontent à leurs parents qu'ils ne vont plus en classe? Nos gars ainsi que Léonie sont bien trop heureux comme ça.

— Tu as raison, admit Firmin.

— En tous cas, conclut Foinfoin, je suis bien satisfait du résultat de mon nouveau programme.

Sur ce, il bondit sur ses courtes jambes en citant, comme à son habitude, un proverbe. « *Il faut un minimum de satisfaction et de bonheur pour qu'un être humain survive.* »

— Eh bien, si c'est vrai, je vivrai longtemps… grâce à toi, mon bon ami, dit le directeur.

Les joues enflammées par ce compliment, Foinfoin quitta la pièce en remerciant monsieur Firmin.

CHAPITRE 6

Oups, rien ne va plus !

Le programme zen implanté par Foinfoin allait bon train. Balades, séances de relaxation, sauna, méditation, yoga, gymnastique douce…

Tous les matins, les élèves (accompagnés des enseignants) se rassemblaient dans la bibliothèque située au rez-de-chaussée de la tour sud-ouest pour participer à un tirage au sort. En effet, chacune des activités était inscrite sur un rectangle de carton plastifié, que l'on mettait ensuite dans un tambour amérindien renversé. À 8 h 30 pile, Foinfoin glissait sa main au fond du tambour pour recueillir la carte sur laquelle on pouvait lire le programme de la journée.

— Chouette! La gymnastique du cerveau, s'écria le nain. Donnez-moi quelques minutes pour revêtir des vêtements plus confortables et je vous rejoins dans le gymnase.

Le maître zen se dirigea vers la grotte en sifflotant un air bien connu des Black Eyes (le groupe préféré de Léonie). Trop heureux de mettre en pratique son activité préférée, il ne s'était pas rendu compte de la déception de ses troupes.

Les élèves se dirigèrent sans enthousiasme vers la tour sud-est.

— La gymnastique du cerveau, je trouve ça ennuyeux, grommela Guillaume en passant nerveusement la main dans ses cheveux couleur citrouille, un geste qu'il s'interdisait d'habitude en présence de Fabien pour éviter de l'agacer.

— Je suis d'accord avec toi, Guillaume, ça manque un peu de piquant, renchérit Gus.

— Il me semble qu'elle revient souvent cette activité, grogna Alexi.

— Sac à papier! grommela Rémi. Je suis certain que Foinfoin l'a mise plusieurs fois dans le tambour. Comme ça, on a plus de chances de tomber dessus.

— Lui, il adore ça la *brain gym,* maugréa Justin.

Léonie prit la défense du petit homme :

— Voyons, les gars, vous prêtez de bien mauvaises intentions à notre ami. Ça nous fera du bien cette activité. Vous auriez peut-être préféré les maths ?

— Bien sûr que non !

— Bon, eh bien alors, cessez de pleurnicher.

— Sapristi ! répondit Alexi, vexé par ce dernier commentaire. On ne pleurniche pas, on donne notre opinion.

La jeune fille répondit du tac au tac :

— Eh bien, elle est négative votre opinion. Soyez donc positifs !

— Tu as raison, Léonie, admit Guillaume, notre cher Foinfoin fait tout ça pour nous.

Léonie marquait un point. Les gars pouvaient-ils se permettre de remettre en question les initiatives de Foinfoin, leur grand ami et confident qui était toujours prêt à les aider, qui faisait son possible pour les rendre heureux ? Certainement pas.

Mais c'était plus fort qu'eux, Rémi et les autres n'avaient pas le cœur à la gymnastique du cerveau. Et après une semaine de balades en forêt et de séances de respirations profondes, l'urgent besoin de bouger, de crier, de se défouler commençait à se faire ressentir. Ils avaient l'impression d'être des lions en cage, malgré l'aspect « zen » du projet.

Justin, pour sa part, ne supportait plus les effluves d'huiles essentielles de jasmin, de menthe poivrée et de lavande qui se faufilaient sans vergogne dans tous les recoins de l'école, même à la cafétéria. Les arômes souvent trop intenses lui donnaient de vilains maux de tête.

Guillaume, sans oser le dire, aurait aimé crier sur les toits à quel point il n'en pouvait plus de l'observation des fougères et des pommes de pin dans la forêt.

Gus et Alexi, s'ils s'étaient consultés, auraient constaté que tous deux développaient la même aversion pour le yoga.

Malgré ses sages paroles, Léonie portait en elle comme un lourd secret le fait de ne plus être capable d'endurer les voix monotones des cassettes audio de Foinfoin lors des périodes de relaxation.

D'une certaine façon, toute la troupe de l'*École des Gars* était devenue prisonnière. Prisonnière d'une loi spéciale. La *loi du silence*. Mais il n'en demeurait pas moins que la frustration était à son comble.

Quelques minutes plus tard, dans le gymnase, l'atmosphère était à couper au couteau.

Les jeunes installèrent leurs tapis de yoga bleu ardoise côte à côte, recouvrant entièrement le plancher et dissimulant du même coup son motif de damiers multicolores. Autrefois bavards comme des pies, les gars et Léonie demeuraient tous silencieux. Trop silencieux. Une impression de calme avant la tempête régnait dans ce local où les ballons, les barres asymétriques, les cerceaux, utilisés quotidiennement, restaient désormais tapis dans l'ombre, ne servant plus à rien depuis trop longtemps…

Fabien, sensible aux ambiances, commença à grogner. De façon presque compulsive, il remuait sa tête de gauche à droite de manière saccadée en agitant ses mains de chaque côté. C'était son comportement habituel en période de stress intense.

— Bon, voilà le Nouveau qui commence à s'é-nerver, dit Alexi pour lui-même.

Malheureusement, Gus avait l'oreille fine.

— Tu veux bien répéter, fit-il en se tournant vers Alexi.

— Rien, ça va, je n'ai rien dit.

— Menteur, cria Gus à tue-tête.

— OK, calme-toi.

— Me calmer ? Pas question ! Tu as manqué de respect envers mon ami !

— T'exagères, Gus, je n'ai rien dit de mal.

— Que je ne t'entende pas faire des commentaires désobligeants sur le comportement de Fabien, sinon tu auras affaire à moi.

— Hey ! Tu fais tout un plat avec rien.

— Un plat avec rien ?

Le ton montait, devant des spectateurs de plus en plus nerveux à l'idée de voir une bagarre éclater. Tous espéraient vivement l'arrivée de Foinfoin qui tardait à revenir. Fabien, ébranlé par tant d'agressivité, grognait plus fort et se mit à se frapper la tête. Les élèves ne l'avaient jamais vu dans cet état !

Il fallait réagir. Rapidement. Guillaume voulut intervenir :

— Ça suffit les gars, cessez de vous chamailler, vous voyez bien que ça énerve Fabien.

Trop tard. Après le « Pauvre con ! » lancé par Gus à Alexi suivi du « Espèce d'insignifiant ! » jeté par Alexi à la face de Gus, les deux adversaires s'étaient sauté dessus.

Pif ! Paf !

Rémi, aidé de Léonie, tenta de maîtriser les coups que Fabien s'infligeait à lui-même, mais sans succès. Léonie reçut accidentellement un coup dans l'œil, ce qui l'obligea à reculer de quelques pas. Les autres l'entourèrent, tandis que Rémi, secondé cette fois par Guillaume, essayait encore de calmer Fabien.

Pendant ce temps, Samuel et Patrick s'efforçaient de séparer Gus et Alexi, en vain. Patrick, atteint par un violent coup de pied qu'Alexi destinait à Gus, voltigea à quelques mètres du combat, sous le regard effrayé des autres. Heureusement, un tapis de yoga amortit sa chute.

Nataniel, Paul, Jean-Philippe (Peppy), B. B. (Benoît Berthier), Denis, Mathis, William, Samy, Jérémy, Adam, Lucas, Alberto, Fiing, ainsi que les 6ᵉ année Justin, Augustin, Olivier, Juan, Thomas, Julien, Miguel, Cédric, Tuang, Jean-Baptiste et tous les autres assistaient à l'affligeant spectacle, totalement impuissants.

Quelques-uns d'entre eux criaient :
— Arrêtez, arrêtez !
— Ça suffit ! hurlait Léonie, la main sur son œil blessé.

Mais les coups fusaient de partout. Coups de pied, coups de poing… Autant les combats de karaté des jumeaux Patrick et Samuel plaisaient aux gars, autant cette bataille sauvage entre deux élèves attristait l'assistance.

À bout de souffle, Guillaume et Rémi durent renoncer à maîtriser Fabien qui était maintenant allongé sur le sol, frappant sa tête contre celui-ci. Le pauvre garçon semblait appartenir à un autre monde, complètement inaccessible, et le risque qu'il se blesse gravement ne cessait d'augmenter.

Le duel allait encore bon train lorsque Léonie, prise de panique, décida d'aller chercher du secours. En se retournant, elle se trouva face à face avec un petit bonhomme vêtu de bleu nuit. Foinfoin se tenait là, droit comme une flèche, dans l'encadrement de la porte.

— Foinfoin, que faisais-tu ? Ici, c'est la guerre. Ils sont en train de s'entretuer et Fabien… Fabien…

Léonie, à court de mots, fondit en sanglots.

Après s'être précipité sur Fabien pour le calmer – ce qui eut pour effet de rassurer la jeune fille instantanément –, le nain s'avança à pas lents au centre du gymnase où les deux garçons se tiraillaient encore, avec moins de vigueur toutefois, car la fatigue s'était emparée d'eux. Alexi fut le premier à remarquer les minuscules jambes arquées de son fidèle ami. Cela le freina dans son geste comme par magie. Il s'agenouilla devant le petit homme qui le fixait, tandis que Gus s'immobilisait à son tour. Un peu plus loin, Fabien s'assit, les genoux ramenés devant lui, l'air épuisé. On aurait pu entendre le battement d'ailes d'une coccinelle tellement le silence était parfait.

Gus, honteux, fut le premier à parler :

— C'est ma faute, Foinfoin.

Un peu surpris par cet aveu, Alexi bredouilla quelques explications :

— Non, Foinfoin, c'est ma faute, c'est moi qui ai asséné le premier coup. J'ai perdu le contrôle.

— Non, Foinfoin, c'est moi qui l'ai cherché, Alexi n'est coupable de rien.

Foinfoin se gratta les cheveux, puis le menton, avant de toussoter. Visiblement, cette fois, les mots ne lui venaient pas aisément :

— Que dire devant un tel massacre, mes braves gars ?

— Mais Foinfoin…

— Tut tut, l'arrêta Foinfoin.

Il promena son regard sur tous les élèves, s'attardant sur Léonie, puis sur Fabien.

— Il m'importe peu de connaître l'identité de celui ou celle qui a enclenché ce désastre. Ce qui m'importe en ce moment est l'état de Fabien et de Léonie.

Alexi osa un commentaire :

— Cette fois, Foinfoin, je crois que nous méritons une bonne conséquence.

Foinfoin laissa s'écouler quelques secondes avant de répondre sur un ton calme, mais avec tristesse, en désignant Fabien :

— La conséquence, c'est l'expression perdue de ce jeune sensible que vous avez oublié, trop obnubilés par vos insatisfactions. Dirigeant son regard vers Léonie, le nain murmura : Ainsi que l'œil bouffi de votre amie...

Foinfoin retira ses lunettes embuées de larmes pour les essuyer avec un coin de son t-shirt. C'était la première fois que les élèves le voyaient ainsi, le visage nu. Le petit homme, qui, habituellement, respirait autant la confiance qu'il l'inspirait, parut soudain très fragile.

Devant ses élèves médusés, Foinfoin admit s'être trompé. Son programme zen n'avait pas donné les résultats escomptés.

Alors que Guillaume et Justin tentaient de le convaincre du contraire, Foinfoin conclut :

— Retournez en classe maintenant. Je crois que le français et les mathématiques vous feront le plus grand bien.

Pendant que la troupe de jeunes, les épaules basses, se dirigeait vers la porte, Foinfoin intercepta Léonie, Gus et Alexi. Ensuite, il fit signe à Fabien de s'approcher. D'un geste doux, il prit la main tremblante du jeune homme.

— Suivez-moi, tous les quatre, je vous emmène à l'infirmerie.

#
Une solution originale

Docteure Robidoux avait été appelée d'urgence à l'*École des Gars*. Un peu gêné de la bagarre qui avait éclaté et de ses conséquences, monsieur Firmin avait dû fournir des explications à cette femme peu affable.

De son côté, Foinfoin était retourné au gymnase, l'âme en peine. Ce grand local habituellement accueillant avait pris une allure de champ de bataille. Les ballons, les tapis de yoga, les effets personnels des bagarreurs jonchaient le plancher. Le petit homme entreprit de tout ranger, en réfléchissant aux événements.

Il roula les tapis et les plaça un à un sur une étagère. Il s'occupa ensuite des ballons. Après avoir dribblé un peu, le nain les envoyait dans le gros baril situé au fond du gymnase. Il ramassa ensuite une vieille chaussette, probablement celle de Gus, un porte-clés et quelques objets qui avaient dû s'échapper des poches des garçons durant la lutte : paquets de gommes, bouts de papier, billes de verre… Tout en faisant ce ménage, Foinfoin espérait bien trouver une solution à la mauvaise ambiance qui régnait à l'École.

« Que se passe-t-il donc avec ces braves élèves ? se répétait-il. Qu'est-ce qui peut expliquer cette agressivité subite ? »

Satisfait de son rangement, Foinfoin exécuta quelques pirouettes pour s'éclaircir les idées. Ensuite, il s'installa sur un tapis pour faire de la bicyclette invisible. Sur le dos, les mains croisées derrière la tête : il touchait le genou avec son coude opposé et reprenait le mouvement de plus en plus rapidement. D'après ses lectures, cet exercice devait permettre de renforcer les abdominaux, décontracter le bas du dos et activer l'intégration des hémisphères cérébraux. Des bienfaits que

Foinfoin avait longuement expliqués pour motiver ses troupes lors des séances de gymnastique du cerveau.

— Cet exercice améliorera vos compétences en orthographe, en écriture, en lecture et en compréhension, leur disait-il, haletant.

C'est après un kilomètre de bicyclette invisible que l'idée émergea dans l'esprit du petit homme.

— Eurêka! Pourquoi n'y ai-je donc pas pensé avant?! s'écria-t-il en bondissant sur ses pieds.

Foinfoin quitta le gymnase en trombe pour aller trouver son grand ami le directeur. Sur le chemin, il croisa monsieur Zolan qui trimballait ses boîtes remplies à ras bord de matériel d'artiste. (Après avoir entendu la nouvelle du retour en classe, les enseignants s'agitaient comme des fourmis pour préparer leur prochain cours.)

— Qu'est-ce qu'il trrrame encorrre, notrrre cherrr Foinfoin? murmura-t-il en regardant le nain courir, ses courtes jambes touchant à peine le sol.

Arrivé dans l'encadrement de la porte, Foinfoin freina brusquement et recula encore plus vite. Il se dissimula derrière le gigantesque babillard à quelques mètres du bureau.

— Ouf, elle ne m'a pas vu. Heureusement qu'elle était de dos…, grommela-t-il entre ses dents en observant la silhouette massive de Docteure Robidoux.

Foinfoin tendit l'oreille. La conversation entre Firmin et la professionnelle de la santé tirait à sa fin. Il retint sa respiration en entendant leurs salutations. Il ne fallait surtout pas que la médecin s'aperçoive de sa présence. Le nain ne se montrait qu'à l'équipe de l'école et aux élèves, qui devaient tous garder le secret sur l'existence de ce personnage farfelu. La crédibilité de l'établissement en dépendait.

Heureusement, Docteure Robidoux ne remarqua pas les petites pattes arquées sous le babillard. Foinfoin compta les pas quasi militaires de ses talons pointus sur le plancher de chêne.
— 24-25-26… ça y est, elle est partie, je peux sortir de ma cachette.

Après avoir regardé de chaque côté du corridor, comme un espion en mission, il sortit rejoindre son ami.

— Tu l'as échappé belle, mon Foinfoin !

— Je sais, Monsieur le Directeur, je suis désolé. J'ai failli mettre l'*École des Gars* dans le pétrin, n'est-ce pas ?

— Je commence à avoir l'habitude avec toi, petit coquin.

Foinfoin sourit, un peu gêné.

— Alors mon grand ami, que me vaut l'honneur de ta visite ?

— Eh bien voilà, cher Monsieur, ce n'est pas compliqué. Mon programme zen a échoué. Et je n'ai même pas eu le temps de lancer la quatrième activité…

Foinfoin, comme s'il se parlait à lui-même, énumérait en comptant avec ses petits doigts potelés les activités qu'il n'avait pas réussi à mettre en place : le journal créatif, la danse de la joie, la fabrication des huiles essentielles…

— Stop Foinfoin. Ton programme zen n'a pas échoué, je crois même qu'il a été très bénéfique.

— Sans vouloir vous contredire, Monsieur, s'il avait été profitable à nos élèves, il ne se serait pas soldé par une vilaine bagarre.

— Mon ami, écoute-moi bien. Tu es très dur avec toi-même. Les bagarres entre gars sont…

Le directeur cherchait ses mots. Les mêmes qu'il avait servis à Docteure Robidoux. Il ne pouvait tout de même pas qualifier les batailles de «normales», même si c'est un peu ce qu'il en pensait.

— … fréquentes, finit-il par dire. Tes méthodes n'en sont pas la cause, je t'assure.

— Vous croyez?

— J'en suis certain. Programme zen ou pas, il y aurait eu une dispute un jour ou l'autre. Nous ne sommes pas parfaits, mon ami. Des accrochages, il y en a ailleurs et il est normal qu'il y en ait ici aussi. Pas trop souvent mais à l'occasion, dit-il en esquissant un sourire espiègle.

— En effet, Monsieur le Directeur. Vous n'avez pas tort.

— Alors, tu ne m'as toujours pas dit quel bon vent t'amenait? Tu avais l'air bien énervé.

— Oui, hum, euh…, bafouilla le petit homme en se dandinant tel un pingouin sur la banquise. J'ai une demande spéciale. J'aimerais faire un voyage avec nos chers élèves. Nous partirions une semaine.

— Une semaine ? Mais où ?

— À Nakatshun.

— Nakatshun ? Je ne connais pas cette ville.

— Oh, il ne s'agit pas d'une ville, Monsieur, mais d'un village. Un village amérindien ! lança le nain fièrement.

— Un village amérindien ? répéta le directeur, étonné.

— Oui. Je ne peux malheureusement pas vous en dire plus. Je n'ai besoin que de votre approbation et de l'autorisation des parents. Je m'occupe du reste. Nous partirions demain, première heure.

— Demain, première heure, répéta Firmin Dussault, pris de court. Mais, mais, Foinfoin…

— Alors, vous ne dites pas non ? fit le nain en faisant un clin d'œil complice au directeur.

— Bien sûr que je dis…

— Alors si c'est oui, c'est oui ! s'écria le nain en affichant un air si réjoui que Firmin Dussault n'osa pas terminer sa phrase. Puis, Foinfoin tourna les talons en lançant : Au revoir, cher Monsieur, je vais préparer mon bagage.

— Mais comment j'explique ça aux parents ?

— Une expédition ! Une expédition culturelle.

— Et Fabien ?

— Il adorera, dit Foinfoin en quittant le bureau de Firmin Dussault, sûr de lui.

De retour dans la grotte, Foinfoin promena ses yeux sur les objets qui décoraient depuis plusieurs mois son espace personnel. Entre quelques fioles vides se dressaient des statuettes, un superbe tambour, une flûte amérindienne en bois de cèdre rouge, un traîneau miniature, un éventail de plumes et une paire de raquettes d'enfant. Ses prunelles se posèrent sur la photo d'un Grand Chef amérindien et d'un garçon au regard profond.

« Ai-je connu cet homme digne et fier ainsi que ce bel enfant ? se demanda Foinfoin en fourrageant dans ses courtes mèches jaune paille. »

Puis, il marmonna :

— Un voyage dans le temps. Rien de mieux pour régénérer mes troupes.

Après avoir soigneusement emballé ses quelques effets dans sa courtepointe rouge, il en noua les quatre coins ensemble, et il glissa son bâton de marche dans le nœud, fabriquant ainsi un joli baluchon.

Fatigué par toutes ces émotions, Foinfoin s'étendit ensuite paisiblement, le temps d'un petit somme, bien au chaud sous la cape confortable qu'il revêtirait le lendemain. Ses songes l'entraînèrent dans une vallée que le vent de la modernisation n'avait pas touchée.

Une nature restée intacte où les chênes, les érables et les bouleaux s'entrelaçaient et où les rivières regorgeant de poissons accueillaient encore des enfants heureux de pouvoir s'y baigner. Des voiliers d'oies sauvages volant entre ciel et terre, parmi les montagnes aux couleurs d'un été sans fin… Des rayons d'un chaud soleil dorant la peau d'un peuple déjà hâlé… D'envoûtantes mélodies fredonnées par des mamans joyeuses, leur bébé sur le dos, s'activant à la cueillette de petits fruits. Des odeurs de saumon fumé ici et là.

Dans son rêve, Foinfoin humait cette odeur délicieuse et ses narines s'en réjouissaient.

— Huuummmm…

— Toc-toc-toc. Foinfoin, Foinfoin, c'est nous.

Le nain s'éveilla en sursaut. Il se frotta les yeux quelques secondes puis chaussa ses lunettes avant d'inviter les jeunes à entrer.

Rémi, Guillaume, Gus, Alexi et Léonie pénétrèrent dans la grotte.

— Que se passe-t-il, mes chers amis ? Pas un autre conflit, j'espère ? dit le nain, nasillant plus que jamais.

— Non, Foinfoin, répondit Gus. Nous sommes venus te présenter nos excuses. Nous regrettons ce qui est arrivé à Fabien. Ça ne se reproduira plus…

— Ça va les gars, vous êtes pardonnés. C'est oublié.

— Alors, demanda Rémi, est-ce qu'on reprend le programme zen ? Ça me plaisait bien, les marches en forêt, les séances de yoga, la gymnastique du cerveau…, mentit-il.

— Oui, ça manquait peut-être un peu de piquant, mais j'aimais bien aussi, renchérit Alexi en expirant profondément pour se sentir moins hypocrite.

— Eh bien, parlant de piquant, vous allez être servis !

Foinfoin fit signe aux cinq jeunes de s'approcher et leur chuchota quelques mots à l'oreille.

— Sac à papier ! s'écria Rémi.

— Quoi ?! s'exclamèrent Gus et Alexi.

Léonie et Guillaume se contentèrent de sourire, des étoiles plein les yeux.

— J'annoncerai officiellement la nouvelle à la fin de la journée. D'ici là, soyez sages, discrets et surtout, en grande forme pour demain.

Pendant la récréation, Rémi, Guillaume, Gus, Alexi et Léonie se dirigèrent vers le grand chêne situé à l'orée de la forêt. À l'écart des autres élèves, ils pourraient s'exprimer librement sur cette annonce surprenante, avant que le reste de la troupe en soit officiellement informée à son tour.

Assis en tailleur, ils y allèrent chacun de leurs commentaires :

— Sac en papier, ce sera formidable ce voyage !

— J'ai du mal à y croire. Les Amérindiens avec leurs coiffes pleines de plumes…

— Voyons Léonie, Foinfoin n'a jamais parlé de plumes !

— Il n'en a pas parlé, mais il a tout de même pointé une image où le Grand Chef en avait…

— Ça ne veut pas dire que nous allons rencontrer ce Grand Chef. Ce sont de vieilles photos, rien à voir avec aujourd'hui.

— Moi, je crois qu'on sera surpris par ce village, dit Guillaume avant de faire signe à ses amis de se taire.

— Que se passe-t-il ici ? Vous complotez ? questionnèrent en duo les jumeaux Patrick et Samuel.

— Pas du tout, répondit Rémi en prenant un air innocent.

— Alors qu'est-ce que vous avez à chuchoter comme ça, dans votre coin ?

— Euh… Le brasse-camarade de ce matin nous a un peu assommés, répondit Alexi. On a besoin de calme.

— On vous a vus sortir du bureau de Foinfoin, qu'est-ce que vous faisiez là ? demanda Augustin.

— Ouin, fit Nataniel, je parie qu'il vous a annoncé quelque chose…

Rapidement, Gus, Alexi, Guillaume, Rémi et Léonie se retrouvèrent au centre d'un cercle. Coincés entre la ferme intention de ne pas trahir la confiance de Foinfoin et leur envie de tout dévoiler, les cinq jeunes ressentaient un malaise de plus en plus grand.

Heureusement, Foinfoin avait observé la scène de sa fenêtre.

« Bon, j'ai encore trop parlé, se dit-il pour lui-même en se grattant le menton. Mes braves sont en mauvaise posture, et ce, par ma faute. Il faut agir. Et vite. »

Au même moment, il s'empressa d'appuyer sur le bouton de l'intercom. Comme à l'habitude, le volume n'étant pas ajusté, les sons provenant des haut-parleurs situés sur les quatre tours firent sursauter tout le monde.

— Oyez, oyez, j'ai une annonce à vous faire, dit-il en tentant d'ajuster le volume.

Des bruits stridents accompagnaient la voix du nain. Gus s'empressa de poser ses mains sur les oreilles de Fabien qui commençait à s'agiter.

— Nous partons demain, à la première heure, dans un village amérindien appelé Nakatshun. Vos parents sont déjà avisés. Alors soyez prêts et en forme.

— Un village amérindien ? répéta Tuang.

— Il nous surprendra toujours celui-là, fit Justin.

— Sacré Foinfoin, dit Peppy.

— C'est quoi Nakatshun ? C'est où Nakatshun ? Pourquoi on va à Nakatshun ? questionna Fabien, inquiet.

— Je suis sûr que c'est un charmant village, Fabien, au beau milieu d'une forêt calme et silencieuse, le rassura Gus.

Sous les regards impressionnés et attendris des autres jeunes, Gus déposa son bras sur l'épaule de Fabien et l'entraîna vers le château. La récréation tirait à sa fin.

#

CHAPITRE 8

Départ vers Nakatshun

Avec l'aide de ses enseignants, Firmin Dussault avait réussi à joindre tous les parents des élèves.

— Cette visite fait partie du programme, soyez sans crainte, madame Allard (mère de Rémi).

— Oui, cette sortie se veut éducative et permet l'étude des Premières Nations, cher monsieur Bourguignon (père de Guillaume).

— Bien sûr Lucie (mère de Léonie), je ne t'en avais pas parlé ? mentit monsieur Firmin à propos de cette sortie.

— Cela fera le plus grand bien à Fabien, conclut le directeur après une longue conversation avec monsieur Letendre. J'apprécierais beaucoup que vous le déposiez directement à l'école une heure avant le départ, avec son ami Gus.

Le lendemain, à l'aube, les garçons se rassemblèrent au gymnase où les attendait l'équipe d'enseignants. Encore une fois, la grande salle ressemblait davantage à un champ de bataille avec tous ces sacs de couchage et sacs à dos éparpillés sur le sol.

— Il faudra ajouter quelques bouteilles d'eau, dit monsieur Firmin.

— Tu as prrris le GPS ? demanda monsieur Zolan à monsieur Sylvain.

— Les gars ont l'air détendu, ça leur fait déjà du bien, on dirait, cette sortie, souligna monsieur Chang.

— Où donc est Foinfoin ? Il n'a pas l'habitude d'être en retard, s'inquiéta monsieur Bernard-Aristide.

Au moment où il prononçait ces mots, le nain fit son apparition dans le gymnase, sa cape grise soigneusement attachée autour du cou, son baluchon rouge sur l'épaule. Il traversa la pièce avec difficulté. Ses petites jambes arquées ne lui permettaient pas d'enjamber tous ces obstacles avec aisance. Il trébucha une première fois sur le sac de Guillaume qui retint un petit rire. Il s'enfargea ensuite sur celui de Léonie qui l'aida à se relever, un sourire attendri au coin des lèvres. Toutefois, lorsqu'il fit un plongeon après avoir tenté de contourner le dernier sac sur son chemin, les troupes éclatèrent d'un rire incontrôlable.

— Sacré Foinfoin!

L'organisateur du périple, sourire aux lèvres lui aussi, se releva puis s'adressa à l'assemblée:

— Oyez, oyez! C'est maintenant l'heure du départ. Vous allez vivre une aventure hors du commun et cette fois, je vous accompagne!

Des cris de joie et des applaudissements retentirent dans le gymnase, suivis bientôt de questions inquiètes:

— On croyait que tu devais rester secret?

— Mais Foinfoin, si les habitants de Nakatshun te voient, qu'est-ce qu'ils vont dire?

— Tiens, cela me rappelle justement de sages paroles amérindiennes…, dit le nain. *Ma main n'a pas la même couleur que la tienne, mais si je la perce, j'aurai mal. Le sang qui en coulera aura la même couleur que le tien, car nous sommes tous les deux fils du Grand Esprit.* Approprié, non? Allez hop, suivez-moi!

Les élèves, à la fois excités et intrigués, lui emboîtèrent le pas, se dirigeant vers la cour où les attendait l'autocar spécialement commandé par Firmin Dussault pour la circonstance.

— Viens Fabien, je reste avec toi. Ne crains rien. Tout ira bien. C'est juste quatre heures de route. Ça te va? Tu pourras dormir un peu si tu veux.

Gus jouait son rôle d'accompagnateur avec beaucoup de gentillesse.

— Quelle patience! dit Léonie à Guillaume qui marchait à ses côtés.

— Oui, il est parfois un peu baveux, Gus, mais il faut lui donner ça, il a vraiment l'tour avec Fabien.

Les uns après les autres, ils montèrent à bord de l'autobus. Impressionnés par l'aspect luxueux du véhicule, ils en oubliaient de prendre place.

— Il y a même des écrans dans les dossiers, on pourra écouter des films.

— T'as vu les fauteuils, ils ont l'air tellement confortables.

— Wow, c'est le luxe !

En effet, les sièges recouverts de velours bleu royal et les rideaux aux fenêtres, ornés de fines rayures bleues et dorées, donnaient une allure hollywoodienne à l'autocar.

Foinfoin fut le dernier à entrer dans l'autobus. Il dut s'arrêter derrière le grand Alexi qui se tenait encore debout, au milieu de l'allée. Après quelques secondes d'attente, il lui tapota le dos. Alexi se retourna d'un mouvement rapide et baissa les yeux vers le petit homme qui pointait du doigt l'un des fauteuils.

— Ah oui, dit Alexi, il faudrait bien s'asseoir !

En quelques secondes, toute la troupe était confortablement installée, prête pour le départ.

Le vrombissement du moteur se fit entendre et l'engin démarra lentement.

Fabien, assis près d'une fenêtre, regarda le paysage haut en couleur tout en comptant les poteaux téléphoniques. Il s'endormit au 538e.

Une heure après le départ, il régnait dans l'autobus un calme bienfaisant. Seul le ronronnement réconfortant du moteur parvenait aux oreilles des voyageurs.
— Même si je l'avais souhaité, mon programme 100 % zen n'aurait jamais eu cet effet sur eux, chuchota Foinfoin dans l'oreille de Firmin Dussault.

L'affable directeur sourit. Quelques minutes plus tard, Foinfoin ronflait comme un loir, la tête appuyée sur l'épaule de son ami de longue date.

Monsieur Plouffe conduisait depuis presque deux heures lorsque des millions de fourmis se donnèrent rendez-vous en même temps dans ses mollets bien gras. Il avait beau se gratter vigoureusement, les festoyeuses continuaient de s'amuser sans pitié.

Firmin Dussault, toujours attentif au bien-être de ses troupes autant que de son personnel, proposa donc une pause près d'un grand champ recouvert d'herbes folles, au grand soulagement du chauffeur bourru. Enfin debout, ce dernier marmonna dans sa moustache quelques insultes aux insectes imaginaires pendant que passaient devant lui les élèves qui avaient grand besoin de se délier les jambes, eux aussi.

Foinfoin roupillait toujours.
— Laissons-le, conseilla monsieur Firmin aux garçons qui tentaient de le réveiller.
— Comme il est mignon quand il dort, dit Léonie en passant à côté du petit homme.

Les élèves, engourdis par ce long trajet, s'attroupèrent devant l'autobus. Guillaume et Rémi s'étirèrent en même temps, bientôt imités par plusieurs gars.

Monsieur Bernard-Aristide aurait bien proposé un jeu de tague afin de permettre aux jeunes de se défouler tout en s'époumonant, mais, par égard pour Fabien, il leur proposa plutôt de faire un petit jogging dans le champ «en silence, s'il vous plaît». À l'exception de Fabien, jeunes et moins jeunes s'élancèrent à travers les quenouilles et les graminées. Même le chauffeur, avec son bedon bien rond, se mit à trotter.

— Un peu d'exercice ne vous fera pas de tort, m'sieur Plouffe, lui lança Rémi en le dépassant.

Piqué au vif, le moustachu accéléra. Il n'allait certainement pas laisser un gamin de 12 ans se moquer de lui ainsi!

En quelques enjambées, le quinquagénaire rattrapa Rémi, qui trébucha à ce moment sur le sol. Heureusement, le garçon ne s'était pas fait mal, et il éclata de rire. Perdant enfin son air renfrogné, m'sieur Plouffe pouffa à son tour et se mit à chatouiller le garçon.

Les uns après les autres, ils se jetèrent tous sur le chauffeur et Rémi, afin de prendre part à cette séance de chatouillis intense.

Resté sur le talus, près de l'autobus, Fabien balançait le haut de son corps en grognant, cherchant

Gus du regard. Mais ce dernier, trop occupé à chatouiller ses amis, ne pouvait pas remarquer cette angoisse naissante. Ni Gus, ni les autres d'ailleurs. Pas même Foinfoin qui dormait encore à poings fermés sur un fauteuil bleu royal.

Encore une fois, trop de bruit, trop d'agitation, trop d'odeurs, de couleurs et de mouvements... pour le pauvre Fabien.

Alexi, qui se retrouva en dessous de la mêlée, eut l'impression d'étouffer. Le cri strident qu'il lâcha alors fit sursauter Fabien qui se mit à hurler à tue-tête. Plus rapide que l'éclair, Gus courut vers son ami pour le rassurer.

Mais les mouvements brusques et incontrôlables de Fabien l'empêchaient de s'approcher.

Ce fut au tour des enseignants de tenter de le calmer. Or leurs tentatives ne firent qu'empirer la situation. Fabien grognait de plus belle et se frappait à grands coups.

Quelques automobilistes s'arrêtèrent et ouvrirent les fenêtres de leur véhicule pour regarder la scène, au grand désarroi de Gus.

— Je n'aime pas le voir comme ça, dit le garçon, et je déteste voir les gens le regarder comme si c'était un animal, ajouta-t-il, en élevant la voix pour que les badauds l'entendent.

Gus était sur le point d'exploser.

— Je te comprends, dit Alexi, moi c'est pareil.

— Moi aussi les gars, mais il faut rester calmes et zen, déclara Guillaume.

— C'est de ça dont il a besoin, renchérit Rémi.

— Oui, tu as raison, répondit Gus en inspirant un bon coup.

Grâce à l'intervention efficace de monsieur Firmin, Fabien finit par s'apaiser, et les automobilistes curieux repartirent.

Les élèves regagnèrent l'autobus en file indienne, la mine basse. Quelle ne fut pas leur surprise de retrouver, sur leurs sièges respectifs, une écorce de bouleau sur laquelle était écrit un message…

« Tu as bien réagi Rémi, bravo ! »

« Ta sagesse ne cesse de m'impressionner, Guillaume. »

« Gus, nous ne sommes jamais aussi mal protégés contre la souffrance que lorsque nous aimons. »

Étonnamment, Foinfoin n'avait pas bronché d'un poil. Enfoncé dans son siège moelleux, il ronflait plus fort qu'un ours, ce qui fit sourire les passagers.

Monsieur Firmin attendit patiemment que chacun des jeunes ait lu son message avant de lire lentement, à haute voix, la lecture du sien, qu'il trouva tout à fait de circonstance.

« Quand on trouve le courage et le goût de sourire après chaque tempête, on peut espérer faire très bon ménage avec le bonheur. »

— C'est beau, dit Léonie, émue.

— Qu'est-ce que ça veut dire au juste ? questionna Alexi.

— C'est pourtant pas compliqué, répondit Gus.

— Eh bien, explique-moi alors, si tu es si fin que ça.

— Euh, eh bien, euh…

Toute la troupe se mit à rire gaiement alors que Gus se grattait la joue, un peu gêné de ne pas savoir répondre.

CHAPITRE 9

Un Cours d'histoire en accéléré

Les ronflements de Foinfoin cessèrent alors que l'autobus passait devant une pancarte en bois annonçant le village de Nakatshun.

Lorsque le véhicule s'immobilisa, Firmin Dussault quitta son siège. Debout, en plein centre de l'allée, il se préparait à énoncer les consignes habituelles de sortie. Les dizaines de prunelles brillantes braquées sur lui dans un silence parfait eurent pour effet d'accélérer son rythme cardiaque.
— Voilà, nous y sommes, dit-il d'une voix rauque, lui-même surpris de perdre son calme légendaire.

Ensuite, plus un mot. Élèves et enseignants attendaient la suite avec impatience, mais cette dernière ne semblait pas pressée de venir se loger dans les cordes vocales du directeur.

Voyant son meilleur ami à ce point troublé, le nain prit la relève :

— Mes chers jeunes hommes, je vous souhaite un excellent séjour à Nakatshun !

— C'est tout ? s'exclama Gus, un peu surpris par ce bref discours. Tu as l'habitude d'être plus volubile que ça.

— Oui, c'est tout, fit tout bonnement Foinfoin. Qu'attendez-vous ? Sortez ! Vous n'êtes pas inquiets quand même ?

— Bien sûr que non, lança Rémi en se levant, suivi de Guillaume et Alexi.

— Viens Fabien, on y va, dit Gus en empoignant solidement la main de son protégé.

Pendant que les élèves et les enseignants quittaient l'autobus, Foinfoin questionna Firmin discrètement :

— Vous allez bien, Monsieur le Directeur ?

— Oui, ça va Foinfoin, merci.

— Alors, dites-moi, quelle était la raison de cette… hésitation ?

— Eh bien… j'avoue que je ne savais pas quoi leur dire. Je ne sais pas moi-même ce qu'on vient faire ici.

— Je comprends. C'est vrai que je ne vous ai pas donné beaucoup de détails sur mes objectifs. Mais avec tout mon respect, Monsieur, vous n'avez tout de même pas l'habitude de chercher vos mots en de telles circonstances ?

— Euh…

— Vous ne seriez pas un peu impressionné ? lui demanda le nain, le sourcil droit relevé en accent circonflexe.

— Peut-être, oui.

— Eh bien, vous n'êtes pas le seul, Monsieur, déclara Foinfoin en se dirigeant vers la sortie, son baluchon sur le dos.

Lorsque Foinfoin descendit la dernière marche, il se prit les pieds dans sa cape grise, trébucha et roula par terre. Aussitôt, les jeunes l'encerclèrent en lui tendant la main. Assommé par sa chute, le petit homme en agrippa une au hasard. Douce et plissée.

Une fois relevé, Foinfoin la contempla. C'était une main ridée, celle d'une Amérindienne au visage parcheminé, au dos voûté par le poids des années.

Ne semblant nullement impressionnée par les regards d'une soixantaine de jeunes et de leurs professeurs posés sur elle, la vieille femme balaya l'air de son avant-bras pour indiquer à la troupe de la suivre sur le sentier qui s'enfonçait dans la forêt.

En chemin, elle émit quelques sons que, bien sûr, personne ne comprenait. Enfin, presque personne.

— Encore quelques minutes de marche, traduit Foinfoin au bout de quelques instants.

— Tu parles cette langue ? s'étonna Rémi.

— Non, mais je comprends le langage des gestes et des expressions.

— Voyons, Foinfoin, qu'est-ce que tu racontes ?! Cette dame ne fait que mettre un pied devant l'autre, dit Léonie.

— Oui, c'est vrai ça, Foinfoin, renchérit Justin.

Le nain se contenta de sourire, sans répondre.

Arrivée devant une grande tente, la vieille dame fit une courbette pour saluer les visiteurs puis elle disparut comme par enchantement. Les élèves de l'*École des Gars* furent invités à entrer dans le wigwam par un jeune Amérindien au teint de bronze. Un duvet noir au-dessus de sa lèvre supérieure indiquait une adolescence avancée.

À l'intérieur, une branche de cèdre brûlait au milieu d'un cercle de braises rougeoyantes, posées sur la terre battue. De longs troncs d'arbres coupés en longueur faisaient office de bancs. Le jeune homme leur fit signe de s'asseoir puis il s'éclipsa.

Un bruit de tambour provenant de l'extérieur se fit entendre. Chaque coup résonnait au fond du ventre des élèves tellement le son était profond.

Le jeune Amérindien entra à nouveau dans la tente, tambour à la main, suivi d'un homme qui ne laissa personne indifférent.

— Wow ! s'exclamèrent Rémi et Guillaume à voix basse.

— Impressionnant, chuchota Alexi à l'oreille de Peppy, Mathis, Olivier et Justin.

— C'est sûrement le Grand Chef, murmura Gus à Fabien.

Le souffle coupé, Léonie était hypnotisée par cet homme massif au dos plus large qu'un réfrigérateur, vêtu d'habits en peau, arborant fièrement une coiffe de plumes sur ses tresses grisonnantes. Il balaya du regard l'intérieur de la tente bondée d'élèves.

— Bienvenue à Nakatshun, hommes jeunes…

— Moins jeunes…

Messieurs Sylvain, Chang, Bernard-Aristide, Zolan et Brandon, ainsi que Firmin Dussault firent un petit signe de la main.

— …et jeune fille, dit enfin l'Amérindien en posant ses prunelles de jais sur Léonie, qui rougit, intimidée par cette attention soutenue.

— Je suis le Grand Chef de ce village. Les membres de ma nation ainsi que moi-même sommes heureux de vous accueillir sur notre terre ancestrale. Durant votre séjour, Michael (le jeune garçon fit un geste imperceptible de la main gauche et tous comprirent qu'il était Michael) sera votre guide.

Foinfoin avait pris place tout au fond de la tente. Ayant l'habitude d'éviter soigneusement d'être aperçu par quiconque, il avait développé ce réflexe de se faire très petit.

Pourtant, le regard du Grand Chef se posa sur lui avec insistance. À ce moment précis, Foinfoin aurait voulu être six pieds sous terre tellement le regard de l'homme le perturbait. Une petite goutte de sueur perla même sur son front.

Pour se calmer, il se répéta cette phrase intérieurement : « Tout va bien, Foinfoin, tu as été invité toi aussi, rappelle-toi. Tout va très bien. L'*École des Gars* n'est pas en péril par ta faute. »

Effectivement, au verso de l'invitation qu'il avait reçue quelques semaines plus tôt, se lisait la note suivante :

Tu es bienvenu aussi, âme pure comme l'eau de cristal dans un corps pas plus haut que le petit inukshuk !

Le petit homme avait trouvé la note étrange mais ne s'était pas posé de questions. Trop heureux d'être convié chaleureusement quelque part, par quelqu'un qui semblait avoir une si bonne opinion de lui.

— Je crois que le Grand Chef est intrigué par Foinfoin, chuchota Rémi à l'oreille de Guillaume.

— Oui, avec raison quand même. Tu te rappelles de la première fois où nous l'avons vu, notre Foinfoin ?

Foinfoin ignora le regard persistant du grand homme en faisant mine de s'intéresser davantage au décor qu'à son interlocuteur. Le dos courbé, c'est tout juste s'il ne s'était pas mis à siffloter pour tenter de dissimuler son malaise.

L'adolescent qui prenait maintenant la parole arborait une tenue moins flamboyante que son chef. Nu-tête, vêtu d'une veste sans manches, le beau Michael avait des bras musclés qui firent pâlir d'envie la plupart des gars. (Surtout Guillaume qui eut tôt fait de remarquer le regard envoûté que Léonie posait sur l'Amérindien.)

— Bon ça y est, mon chien est mort, chuchota-t-il à l'oreille de Rémi.

— De quoi tu parles ?

— Regarde-lui les muscles à celui-là !

Trois petits coups sur son épaule, donnés par monsieur Firmin, le firent taire aussitôt.

— C'est à mon tour de vous souhaiter la bienvenue ici…

Les garçons écoutaient attentivement leur jeune guide présenter les activités à venir. Tous, sauf Guillaume, qui, à en juger par ses traits crispés, semblait davantage préoccupé par *les yeux dans la graisse de bine* de Léonie.

Danse traditionnelle, canot, kayak, tissage, tir à l'arc, fumage du poisson… C'est à peu près tout ce que Guillaume avait retenu du discours de Michael.

Après avoir été invités à déposer leur bagage dans leurs wigwams respectifs, les jeunes visitèrent le joli village et ses alentours, accompagnés de Michael.

Tout l'après-midi, les élèves eurent l'impression de plonger dans un livre d'histoire illustré de magnifiques photographies. Nakatshun était niché au cœur de majestueuses montagnes encore vêtues de leurs plus belles tenues automnales, offrant toute la gamme des couleurs les plus chaudes, de l'ocre jaune à l'or étincelant, en passant par les orangés flamboyants et les rouges vifs.

— Regarde Fabien, c'est un vrai régal pour les yeux, dit Gus, émerveillé.

Tout en marchant, les élèves écoutaient attentivement les explications de Michael :

— Nous vivons comme nos ancêtres. Nos coutumes, nos traditions sont demeurées intactes.

— Alors vous vivez encore de la chasse, de la pêche et de la cueillette ? demanda Léonie, ses joues prenant la teinte des feuilles d'érable les plus cramoisies.

Le jeune homme hocha la tête.

— Nous fabriquons nos canots avec l'écorce de bouleau, ajouta-t-il.

— Et vos vêtements ?

— Nous les fabriquons avec les peaux des animaux que nous chassons.

Le groupe s'était maintenant arrêté devant un attroupement de femmes de tout âge. Sourire aux lèvres, elles souhaitèrent la bienvenue aux garçons, aux enseignants et à la jeune fille.

— Elles travaillent pour vous. Vous repartirez tous avec une jolie paire de mocassins, dit Michael en saluant les femmes de la tête.

— Wow, c'est gentil ça, dit Léonie. J'aimerais bien en faire avec elles.

— Tu pourras demain, elles t'apprendront.

Tout naturellement, Léonie accordait le rythme de son pas à celui du jeune homme, au grand désarroi de Guillaume qui ne cessait de les regarder du coin de l'œil. Intéressée par la culture amérindienne depuis toujours, les questions foisonnaient dans la tête de la jeune fille. Michael n'avait pas le temps de répondre à l'une que la suivante déboulait.

— Combien y a-t-il d'Amérindiens aujourd'hui en Amérique du Nord ?

— Un million au Canada.

— Comment arrivez-vous à survivre l'hiver ? Est-ce que vous avez vraiment tout conservé de vos coutumes et traditions ancestrales ? J'imagine que les plumes ont une signification particulière? Est-ce que les femmes s'adonnent aussi à la chasse? Et les enfants, vont-ils à l'école?

Michael répondait patiemment à chacune de ses interrogations.

— Un vrai cours d'histoire en accéléré! dit Gus à Fabien.

— Oui, c'est drôlement plus intéressant que la lecture d'un manuel, fit Alexi.

— Sommes-nous la seule école à bénéficier d'une telle visite? demanda Rémi à Foinfoin.

Le nain répondit du tac au tac:

— Bien sûr que nous sommes les seuls!

— Quelle chance de fréquenter l'*École des Gars*! déclara Justin.

— À qui le dis-tu! renchérit aussitôt Léonie, plus qu'emballée.

Une pointe de jalousie dans la voix, Guillaume ne put s'empêcher de glisser:

— Toi par contre, je ne suis pas certain que tu apprécies cette sortie pour les bonnes raisons.

— Qu'est-ce que tu veux insinuer, Guillaume?

— Rien, laisse tomber.

122

Après avoir sillonné le village en tous sens, les visiteurs furent invités à déguster un succulent repas traditionnel préparé spécialement pour eux : caribou et orignal frits accompagnés de banique, le pain traditionnel sans levure.

Pendant le souper, Michael raconta des anecdotes si passionnantes que son public attentif ne cessait d'en redemander. Certaines faisaient rire, d'autres frissonner, mais toutes faisaient briller les yeux de l'auditoire.

Le soir venu, les invités furent conviés à une fête où, autour d'un grand feu de camp, ils furent initiés à la musique et aux danses traditionnelles.

Rémi, Guillaume, Justin, Patrick et Samuel s'amusaient à apprendre quelques pas de danse. Alexi, Augustin, Olivier, Benoît, Juan, Thomas, Julien et Miguel tentaient de fredonner des paroles de chansons. Quant à Cédric, Tuang, Jean-Baptiste, Léonie et les autres, ils alternaient entre les chants et les danses. Gus, lui, avait le privilège de jouer du tambour. Fabien, assis sagement à ses côtés, l'écoutait.

Foinfoin, Firmin et les enseignants s'en donnaient aussi à cœur joie. Monsieur Bernard-Aristide se montrait particulièrement doué pour la danse. Il avait appris en un temps record des pas qui pourtant n'avaient rien à voir avec ceux du hip-hop ou du *breakdance*, les deux styles qu'il connaissait.

— Il est doué, notre prof d'éducation physique, dit Justin en s'adressant aux jumeaux qui reprenaient leur souffle.

— On ne peut pas en dire autant de m'sieur Plouffe, lança Alexi avec un air espiègle, en pointant le menton vers le quinquagénaire qui se déhanchait de façon un peu gauche.

En effet, un groupe de femmes avait réussi à convaincre monsieur Plouffe d'entrer dans la danse. Après beaucoup d'hésitation, qu'il manifestait à coups de grandes expirations faisant frémir sa moustache, le chauffeur d'autobus s'était laissé entraîner.

Foinfoin savourait ces moments ô combien agréables. Tous ses protégés, des élèves à la direction, répandaient leur sourire et leur exaltation dans la nuit tombante, à l'instar du feu qui diffusait généreusement sa chaleur et sa lumière. Même s'il avait beau se répéter que cela était impossible, le nain avait cependant une nette impression de déjà-vu.

Plus tard, Michael invita le Grand Chef à raconter une légende qu'il traduirait au fur et à mesure pour les invités. Le récit de l'homme captiva immédiatement l'assemblée.

Guillaume, assis aux côtés de Léonie, la guettait du coin de l'œil.
— Concentre-toi sur l'histoire, lui chuchota Rémi dans le creux de l'oreille.
— De quoi tu parles ?
— Je vois bien que…
Pour la deuxième fois en vingt-quatre heures, les deux garçons ressentirent un léger tapotement sur l'épaule.
— Chut ! dit monsieur Firmin.

Tous les garçons étaient assis en tailleur devant l'orateur au charisme foudroyant et son jeune traducteur tout aussi fascinant. Personne n'avait remarqué l'agitation de plus en plus évidente de

Fabien qui se balançait d'avant en arrière. Personne, même pas Gus, captivé par l'Amérindien.

Effrayé par le crépitement du feu, le ton de voix et les gestes du raconteur, Fabien, lui, n'avait qu'une envie : fuir à toutes jambes.

Ses balancements s'intensifièrent. Son niveau de stress augmenta. Soudain, il se leva et s'élança aussi vite qu'un chasseur à la poursuite de sa proie. Une myriade de regards stupéfaits suivit sa disparition dans la nuit noire. Les conteurs s'interrompirent.

— J'y vais, dit Foinfoin, alors que le Grand Chef braquait ses yeux sur lui.

«Mais qu'a-t-il donc à me regarder ainsi», se demanda le nain, déjà sur la piste du jeune homme.

Après l'avoir cherché en vain dans quelques wigwams, Foinfoin dénicha le fugitif dans une tente un peu à l'écart des autres.

Fabien était là, installé sur un tapis d'aiguilles d'épinette, les genoux relevés jusqu'au menton. L'éclairage tamisé procuré par les braises au centre de l'abri, ainsi que le silence, semblait avoir eu un effet apaisant sur lui.

Foinfoin vint s'asseoir à ses côtés. Il lui frotta gentiment le dos et, comme par enchantement, se mit à chanter une berceuse dans une langue qu'il ne connaissait pas lui-même.

Fabien plongea dans le sommeil comme une pierre dans l'eau.

Le nain regardait tout autour de lui. Le sol d'épinettes, les couvertures en fourrure, les effluves de conifères... tout cela ravivait son impression de déjà-vu.

Se creusant les méninges à essayer de se rappeler comment il aurait pu se trouver dans un tel endroit dans le passé, il finit par s'assoupir lui aussi, épuisé par cette journée bien remplie.

#

CHAPITRE 10

Le lendemain, le soleil étendait généreusement ses rayons sur le village entouré de nature sauvage. Ils s'infiltraient à l'intérieur des wigwams et titillaient de leur chaleur le visage des jeunes qui, les uns après les autres, tentaient de séparer leurs paupières encore soudées par le sommeil.

Un bruit de tambour retentissait à un rythme lent et régulier, ce qui acheva de réveiller la troupe de l'*École des Gars*.

Rémi, Guillaume, Alexi, Fabien et Gus partageaient la même tente, sous la surveillance de Foinfoin. Fabien pointa du doigt le nain qui dormait toujours à poings fermés.

— On va le chatouiller, dit Rémi.

— Bonne idée ! s'exclamèrent les autres.

Le rire nasillard et contagieux de Foinfoin résonna dans tout le village, faisant sourire les habitants amérindiens, qui vaquaient déjà à leurs occupations depuis quelques heures.

Quelques minutes plus tard, les élèves ainsi que les enseignants se retrouvèrent là où la veille ils avaient festoyé, accueillis par Michael. Curieux de connaître leurs impressions sur leur première nuit de sommeil en terre ancestrale, le jeune homme questionna ses invités.

— Je n'ai jamais si bien dormi, lui répondit Léonie, le visage empourpré.

Michael hocha la tête et enchaîna :

— Aujourd'hui, vous êtes libres d'exercer l'activité qui vous convient. Chasse, pêche, artisanat, confection d'un canot d'écorce, cuisine, balade en forêt ou sur la rivière, tir à l'arc... Vous êtes chanceux, c'est justement l'été des Indiens. Profitez-en. Le soleil est radieux et la température est douce. Ce sont des cadeaux de la Nature... Soyons reconnaissants.

Quelques autochtones se tenaient aux côtés de Michael. Rapidement, celui-ci fit les présentations.

— Tout au long de vos activités, vous serez accompagnés d'experts. Ils seront vos passeurs de connaissances et de savoir-faire.

— Alors, demanda Léonie, tu crois que je peux faire de l'artisanat ?

— Oui. Avec Kanda, répondit Michael en désignant une jeune femme.

Alexi, Samuel et Patrick choisirent la chasse au petit gibier, ainsi que Juan, Thomas, Peppy et B. B. Comme il l'avait fait pour Léonie, Michael montra d'un geste une femme :

— Avec Shanntata. Notre grande chasseuse de petit gibier.

Les garçons qui s'étaient déjà rassemblés en un petit groupe furent surpris, mais ils emboîtèrent le pas de la femme menue aux yeux d'aigle.

— Je voudrais pêcher le saumon, fit Julien.

— Muashk te montrera.

— Et moi, je souhaite m'initier à la chasse au caribou, dit Gus.

Michael, peu étonné de ce dernier choix, désigna un homme costaud nommé Musshum.

Sans aucune hésitation, Guillaume et Rémi optèrent pour la confection d'un canot d'écorce, tandis que les autres choisirent plutôt la randonnée, incapables de s'imaginer en train de mettre fin à la vie d'une pauvre bête innocente.

Quant aux enseignants : une escalade en montagne pour monsieur Bernard-Aristide. La chasse à la perdrix pour monsieur Brandon. Celle au petit gibier pour monsieur Zolan. Monsieur Plouffe, qui avait rêvé toute sa vie de chasser le caribou, décida de suivre Gus. Monsieur Firmin accompagnerait Guillaume et Rémi. Enfin, Tuang et William, eux, préféraient pagayer.
— Et toi Fabien ? demanda gentiment Michael en s'approchant de l'adolescent silencieux.

Les élèves étaient curieux d'entendre le choix de Fabien. Mais il se contenta d'indiquer, du bout de l'index, l'orée de la forêt.
— Une balade dans les bois ? Je t'accompagne alors.

Guillaume ne put s'empêcher de glisser un commentaire :
— Oh, Léonie doit regretter son choix…

— Tu es jaloux ! s'exclama Rémi.

— Chut, tu vas alerter tout le village, protesta Guillaume.

Heureusement, dans le brouhaha de l'organisation de la journée, personne ne les avait entendus.

Alors que tous se préparaient à lever l'ancre, Foinfoin, caché derrière le groupe, leva la main timidement.

— Cher monsieur Michael, j'aimerais m'adonner au tir à l'arc. Mais, juste pour m'amuser. Je suis incapable de *viser* une mouche.

Par là, il entendait bien sûr qu'il serait incapable de faire de mal à une mouche, ce qui provoqua quelques ricanements chez les jeunes.

— Je suis certain que même le plus habile des tireurs ne peut se vanter d'être capable de viser une mouche, dit Gus en le taquinant. Hein, Michael ?

— Tu as raison, répondit l'Amérindien, les yeux pétillants.

Les visiteurs se dispersèrent, accompagnés de leurs guides respectifs. Foinfoin croulait sous le poids de son arc, trop lourd pour lui.

Léonie éprouvait un vif plaisir à mettre à l'œuvre ses doigts de fée en brodant de minuscules perles de couleur sur une sacoche de cuir.

— Tu pourras la garder en souvenir, déclara la jeune Amérindienne qui travaillait à ses côtés, traduisant pour Léonie les paroles de la vieille dame qui l'initiait.

Tout en brodant, les femmes discutaient. Léonie posait de nombreuses questions sur leur mode de vie. Bien que semblable à celui d'il y a trois cents ans pour l'essentiel, il y avait tout de même quelques différences :
— On ne peut pas faire fi du 21e siècle dans toutes les sphères de nos vies, dit Kanda. Il arrive même qu'on retrouve des iPods sous les oreillers ou dans les poches de pantalon de certains jeunes.

La vieille dame riait beaucoup. Les heures s'égrenaient délicieusement. Léonie, mise en confiance, s'était livrée ensuite à de plus intimes confidences. La mort de son frère, ses mauvais coups, son transfert à l'*École des Gars*, sa fugue, sa rencontre avec Foinfoin, son ami Guillaume…

Des regards remplis de compréhension et de gentillesse la fixaient. Pour Léonie, le temps s'était arrêté. Elle eut même l'impression que cette vague de chaleur et d'empathie avait réussi à elle seule à cicatriser ses plus grandes blessures.

Pendant ce temps, Rémi et Guillaume travaillaient sous les ordres de Phil. Un sympathique gaillard qui s'exprimait dans un français impeccable, mais qui prenait plaisir à ponctuer ses phrases de quelques mots en langue amérindienne.

— J'imagine que vos canots ne sont pas tous fabriqués d'écorce de bouleau ?

— Non, pas tous, mais nous fabriquons encore des *innu-ut* en écorce pour permettre aux plus jeunes de comprendre d'où ils viennent.

— Wow ! C'est tout un travail quand même, dit Guillaume.

— Oh oui… Voici un *katakuashtunanut*, dit le jeune homme en pointant une embarcation. C'est un canot construit selon la technique traditionnelle. Les parties sont tenues ensemble par la membrure et non pas fixées par des clous…

Les apprentis chasseurs – Alexi, Samuel, Patrick, Juan, Thomas, Peppy et B. B. – suivaient religieusement les consignes de Shanntata, une femme qui se révélait particulièrement agile mais surtout respectueuse de la nature.

— Aucun animal ne mérite d'être blessé. La chasse est une question d'attitude plus que de trophées.

Bien dissimulés dans les branchages de la forêt, Gus, monsieur Plouffe et Musshum attendaient patiemment la venue de l'animal convoité. Leur calme et leur patience furent finalement récompensés. Un superbe caribou déambula dans le bois à quelques mètres seulement de leur poste d'observation. Le souffle coupé, les trois hommes considérèrent l'animal dans toute sa splendeur.

Tout en l'épiant, Musshum les renseigna à voix basse :

— La couleur de son pelage peut varier selon l'âge, le sexe et les saisons. À la naissance, les petits sont gris pâle mais en général, les adultes sont brun foncé avec des taches blanches au cou, au ventre et aux pattes. Ses longs poils creux lui donnent une grande flottabilité dans l'eau. Ainsi, il peut nager rapidement et facilement. L'hiver, sa fourrure devient plus pâle et plus dense, ce qui, d'une part, le rend moins visible et, d'autre part, lui procure une meilleure protection contre le froid et le vent. Vous voyez comme sa tête se termine par un museau poilu et plutôt plat… Ses oreilles blanchâtres sont plutôt courtes et velues. Son odorat plus développé que celui du cerf de Virginie et de l'orignal et une ouïe sensible compensent sa vue pas très perçante…

— Musshum, chuchota Gus, je n'ai pas envie de tirer.

— Tant mieux, fit l'homme, de toute façon, nous n'aurions pas pu. Je ne vous l'ai pas dit plus tôt pour ne pas vous décevoir.

— Ouf! fit simplement monsieur Plouffe en poussant un soupir de soulagement qui fit trembloter sa moustache.

Fabien et Michael se baladaient entre bouleaux, chênes et érables, suivant le cours de la rivière. Des feuilles mortes craquaient sous leurs pas. Soudain, des bruissements dans les branches d'un grand orme attirèrent l'attention de Michael.

— Ça alors, murmura-t-il lorsque l'oiseau s'envola vers le cours d'eau. C'était un bec-en-ciseaux noir. Ça fait presque un siècle qu'on ne l'a pas aperçu par chez nous.

Michael se retourna vers Fabien tout en pointant l'index vers le ciel.

— Regarde Fabi… Non ! Non, Fabien !

Le jeune autochtone bondit sur le garçon plus vite qu'un chat sur sa proie et dans un geste de panique, il inséra ses doigts dans le fond de sa gorge.

— Crache, cria-t-il, crache tout ce que tu as dans la bouche.

Son geste brusque effraya Fabien qui se mit à hurler. Des hurlements à glacer le sang. Ses éclats de voix stridents conjugués à ses mouvements saccadés incontrôlables donnaient à Michael l'impression de pagayer à contre-courant. Il se mit à fredonner un air très doux, autant pour tenter d'apaiser le garçon que lui-même.

Fabien continuait d'agiter ses mains frénétiquement, mais ses cris cessèrent.

— Je suis désolé d'avoir été si brusque, dit Michael. Tu as mangé une baie qui peut s'avérer mortelle. J'ai voulu t'aider à la recracher pour te protéger. Je ne veux pas qu'il t'arrive malheur.

Le prenant par l'épaule, Michael l'invita à rebrousser chemin vers le campement.

— On doit te soigner. Viens.

Le garçon restait immobile, terrifié.

— Tu dois me faire confiance, insista Michael.

Après des secondes qui parurent une éternité, Fabien se mit en marche.

Le mal était fait. Les baies ingurgitées quelques secondes plus tôt commençaient déjà à faire des ravages. Fabien enroula sa main autour de son cou en toussotant.

— C'est la gorge qui te brûle, hein Fabien ? Viens, on doit faire vite.

Michael dut se rendre à l'évidence. Son protégé souffrait de nausées si intenses qu'il n'avait plus la force d'avancer. Après avoir baragouiné quelques mots sans queue ni tête, Fabien sentit son corps l'abandonner. Il fléchit les genoux et s'effondra aux pieds du jeune guide.

Michael n'hésita pas une fraction de seconde. Il s'empara de lui en le faisant basculer sur son dos et fila à toute allure vers le village. Ses grandes jambes élancées fendaient l'air. Aucune racine au sol, aucune branche d'arbre à hauteur du visage n'aurait pu le ralentir. Il courait pour la vie de Fabien. Chaque minute comptait.

Michael traversa le village comme une flèche, se dirigeant droit vers l'habitation du Grand Chef.

La mauvaise nouvelle se répandit comme une traînée de poudre dans le village de Nakatshun et parmi les élèves restés au village.
— Fabien a avalé des baies mortelles. Sa vie est en danger.

Guillaume tenta de réconforter Léonie, figée par la peur de perdre Fabien.
— Il va s'en sortir, Léonie.
— Bien sûr qu'il va s'en sortir, renchérissait Rémi.

Les heures passaient. Les chasseurs, les pêcheurs et les randonneurs revenaient au bercail, les uns après les autres. L'estomac dans les talons, ils s'étaient attendus à être accueillis par un copieux repas traditionnel. Le choc fut d'autant plus grand à l'annonce de ce drame.

— Il va mourir ? demanda Gus au bord des larmes.

— Seul le temps pourra nous le dire, lui dit Michael.

— J'aurais dû aller avec lui, je l'aurais surveillé, moi ! hurla-t-il.

— Gus, calme-toi, dit Firmin Dussault calmement. C'est un accident.

— Non, je n'ai pas à me calmer. Michael était responsable de lui. Il aurait dû le surveiller !

— Il ne pouvait pas savoir…

— Il devait le SURVEILLER!!! répéta Gus en sanglotant.

Gêné, monsieur Firmin se retourna vers Michael avec une expression traduisant sa confusion. Le jeune homme se contenta de baisser les yeux.

Déjà, le soleil commençait à décliner. Rassemblés autour d'un grand feu, Foinfoin, Firmin, les enseignants, les élèves et leurs nouveaux amis amérindiens étaient tenus informés minute par minute de l'état de santé de leur ami.

Le Grand Chef, aidé de la vieille dame qui avait guidé le groupe de l'*École des Gars* à son arrivée au village, prodiguait sans relâche des soins à Fabien, allongé dans une tente où un feu crépitait. Des herbes valsaient dans une marmite d'eau bouillante. Cette infusion devait aider Fabien à lutter contre ce mal sournois.

Fabien frissonnait, son visage, couvert de sueur, était d'une pâleur fantomatique et son corps tremblait violemment. Sa température s'élevait d'heure en heure. Par moments, il ouvrait les yeux et pointait l'index dans le vide.

— Il a des hallucinations. Son rythme cardiaque s'accélère.

— Il respire de plus en plus vite…

— On devrait encore essayer de joindre ses parents.

— Pourquoi le docteur n'est-il pas encore arrivé ?

— Nous sommes bien loin de la ville la plus proche, dit Michael, les mains ouvertes en signe d'impuissance.

Lorsque la nuit fut tombée, les jeunes demandèrent au directeur la permission de veiller plus tard. Près du feu, près de Fabien.
— Comment vous refuser cela ?

Seuls quelques chuchotements, ainsi que les pas nerveux de Gus qui marchait de long en large, brisaient le lourd silence de la nuit.
— Ça me rappelle lorsque tu étais à l'hôpital, dit Rémi à Guillaume.
— Vous étiez aussi angoissés pour moi ?
— Bien sûr, Guillaume. On a eu très peur de te perdre !

Les hommes s'occupaient du feu. Les femmes servaient des collations.
— Il faut manger. Vous devez garder vos forces, disaient-elles à ceux qui s'obstinaient à refuser.

La trousse à la main, le docteur finit par arriver. Escorté de Michael et de sa torche, il pénétra dans le wigwam.

Le temps s'était arrêté. Les jeunes prêtaient l'oreille aux voix qui leur parvenaient depuis la tente. Malheureusement, elles étaient trop faibles pour être comprises.

Il ne leur restait que l'attente et la patience…

Assis sur une vieille souche, Foinfoin, un peu à l'écart, se rongeait les ongles au sang. Au comble de la nervosité, il finit par sauter de son siège improvisé et alla rejoindre Firmin Dussault.

— Mon cher Monsieur, j'ai l'impression que mon cœur va cesser de battre tellement je suis inquiet. Et tout est de ma faute.

— Tu n'y es pour rien Foinfoin.

— Oui, c'est moi qui vous ai entraînés ici. Je pensais qu'un voyage dans le temps, auprès de personnes qui accordent tant d'importance à la Terre, à la vie et à la nature de chaque être humain, ne pourrait faire que le plus grand bien à notre ami Fabien. Mais je me suis trompé, Monsieur. Ça ne l'a pas guéri, loin de là. Pire, à cause de moi, il repose maintenant entre la vie et la mort. J'ai tout gâché, Monsieur le Directeur, tout gâché.

Au moment où Foinfoin prononçait ces paroles, le docteur sortit de la tente. Le souffle coupé, tout le monde attendait le verdict.
— Il va s'en sortir, n'est-ce pas ? questionna Gus, les yeux humides.

Un mouvement de tête de gauche à droite acheva la troupe.

Gus fondit en larmes, sous les regards remplis de détresse des autres élèves. Cette fois, Foinfoin n'avait pas de mots pour réconforter ses protégés, trop accablé lui-même par son chagrin. Il s'enfonça dans les ténèbres de la nuit.

— Ne vous en faites pas, il reviendra, murmura monsieur Firmin. Vous devriez aller dormir maintenant, suggéra-t-il au bout de quelques secondes, d'une voix inaudible.
— Pas question, dit Gus en reniflant un bon coup. Je ne bouge pas d'ici tant que... J'attendrai ici jusqu'à la fin.

— Moi aussi je reste, déclara fermement Léonie.

— Si c'est comme ça, moi aussi je veille, fit Guillaume en prenant la main de Léonie à sa gauche et celle de Rémi à sa droite.

— Je reste avec vous, ajouta Alexi en empoignant solidement la paume de Rémi et tendant l'autre à Patrick.

Ainsi, en moins de temps que ne prend une larme pour couler le long d'une joue, un cercle d'amitié se forma entre petits et grands, élèves, enseignants, Amérindiens, jeunes et moins jeunes.

Les flammes, de plus en plus discrètes, réclamaient des bûches qui ne venaient pas.

— On manque de bois coupé… Peux-tu aller chercher des couvertures? chuchota Michael à Musshum. La nuit sera longue. Shanntata, tu fais de la tisane?

Bien emmitouflés dans leurs douillettes, boisson chaude à la main, tous attendaient en silence. Entre la vie et la mort, Fabien luttait contre le mal qui avait pris possession de son corps sans défense.

Une chanson amérindienne entonnée par Michael suivi de Musshum berçait les troupes. Le timbre du tambour battait délicatement la mesure, tel un battement de cœur fragile mais vivant.

Parfois, des gémissements feutrés se glissaient entre deux coups de tambour. À chaque manifestation du malade, les garçons échangeaient des regards fous d'inquiétude. Les interminables heures de la nuit s'égrenaient plus lentement que jamais.

Au petit matin, quand le soleil se décida à darder ses premiers rayons orangés, il ne restait plus que quelques morceaux de braise pour tenir au chaud les veilleurs aux traits tirés.

La porte en peau de la tente s'ouvrit enfin. Certains sursautèrent. Tous s'attendaient au pire. Ils retinrent leur souffle.

La vieille dame au visage fripé sortit en premier. Une expression empreinte de douceur se lisait sur ses traits fatigués. Le Grand Chef apparut à son tour.

Plus d'une centaine de prunelles le fixaient sans broncher, attendant avec impatience la conclusion de cette nuit sans fin. C'est la gorge sèche et l'estomac noué qu'ils observèrent le Grand Chef. Celui-ci leva lentement les deux bras de chaque côté de sa taille, paumes vers le ciel. Il baissa la tête puis la releva aussitôt en affichant un sourire triomphant.

— Votre ami est sain et sauf!

Des rires et des exclamations euphoriques percèrent enfin le silence de ce matin frisquet. Des accolades, des cris, des pleurs, toutes les manifestations du soulagement et de la joie!

Gus sauta littéralement sur le Grand Chef pour l'enlacer, pour ensuite serrer contre lui la vieille dame qui rit aux éclats.

— Je n'ai pas de mots pour vous remercier…

— Tu n'as pas à nous remercier.

Alors que tout le monde se réjouissait, Guillaume remarqua le regard mélancolique de Léonie, dirigé vers le bel Amérindien.

— Tu le trouves de ton goût, n'est-ce pas Léonie?

Avant de répondre, Léonie inspira tout l'oxygène qui lui était possible d'introduire dans ses poumons.

— C'est fou ce qu'il ressemble à mon grand frère, murmura-t-elle enfin.

Aussi confus que surpris, Guillaume rougit, ne sachant plus que dire.

— Cesse donc de faire l'innocent, tu sais très bien que c'est toi que je trouve de mon goût, finit par avouer Léonie en s'éclipsant.

Guillaume resta figé sur place, le cœur soudain gonflé de joie, sur le point de lui défoncer la poitrine. Perdu dans ses pensées, un cri le fit revenir sur terre.

— FOINFOIN! FOINFOIN! Il faut lui annoncer la bonne nouvelle, hurlait Gus à pleins poumons.

— Je m'occupe de lui, dit le Grand Chef. Vous, mes braves, réjouissez-vous.

Le Grand Chef n'eut aucune difficulté à retrouver le nain. Recroquevillé sur lui-même, au bord de la rivière, Foinfoin pleurait à chaudes larmes.

— Il est mort, n'est-ce pas?
— Non.
— Non?... Vous l'avez sauvé alors? dit le petit homme incrédule.
— Oui, dit le sage homme. Comme tu m'as sauvé il y a presque quatre-vingts ans…

Foinfoin, immensément soulagé, ne prêta pas vraiment attention à cette dernière phrase.

Le Grand Chef s'agenouilla aux côtés de Foinfoin, faisant face au cours d'eau qui coulait paisiblement. Celui que tous appelaient Mishta-shipu, la grande rivière. Respectueux de ce silence rempli de bonheur, le Grand Chef se contentait d'admirer cette belle nature.

Soudain, Foinfoin se gratta le front, puis son sourcil droit prit la forme d'un accent circonflexe.
— Qu'est-ce que vous venez tout juste de me dire là, Grand Chef?
— Tu m'as sauvé, Foinfoin. Il y a très longtemps de cela.

La tête du nain pivota en direction du vieil homme. C'est alors qu'il reconnut son regard. Un regard si profond et intense qu'il donnait l'impression de pouvoir transpercer les montagnes.

— Magoek, c'est bien toi ?

— Oui, c'est moi.

Foinfoin fouilla sa mémoire, et remontèrent alors les souvenirs de cette histoire touchante, vécue plusieurs décennies plus tôt.

Le réveil sur le bord de la rivière. La promenade sur le dos du Grand Chef Tschigewa. Les petits enfants au teint basané. La mission. L'adolescent sensible.

— Grâce à toi, à ta sagesse, j'ai été accepté dans ma grande famille, tel que j'étais. Grâce à toi, mon cher Foinfoin, on a cessé de me demander d'être ce que je ne suis pas. Et je me suis ouvert aux autres. Je suis devenu moins silencieux… Après que mon père Tschigewa fut parti éclairer le ciel d'une nouvelle étoile, je suis même devenu le Grand Chef, reconnu et respecté de tous.

Un majestueux oiseau déployait ses ailes au-dessus de la rivière, ajoutant à la perfection du moment.

— Je sais que tu espérais trouver pour Fabien la meilleure des écoles. Un endroit où le bonheur aurait été pour lui accessible, facile. Je comprends ta déception de le voir encore renfermé...

Le Grand Chef Magoek pesait chacun de ses mots.

— Pourtant, tu sais très bien que la vie ne sera jamais pour lui – et pour beaucoup d'autres d'ailleurs – un long fleuve tranquille. Il faut savoir naviguer sur les vagues. Les accueillir avec le plus d'aplomb possible, avec ce qu'on possède de richesse et de limites. Qu'il soit dans une école normale ou à l'*École des Gars*, dans un village amérindien ancestral ou n'importe où ailleurs, Fabien rencontrera ses propres défis et obstacles...

Une larme glissa lentement sur la joue de Foinfoin.

— ... mais n'oublie jamais que, peu importe ses tourments et ses difficultés, il a sa place dans ce monde. Je ne dis pas que son parcours sera facile, mais ce sera le sien.

— Hum…, fit Foinfoin. Serais-tu en train de me dire que mon programme zen était vain?

— Je te dis que l'*École des Gars* est l'*École des Gars*. Rien ne sert de tout bousculer pour Fabien. Avec un peu d'écoute et d'attention – ce qu'il reçoit déjà –, il finira bien par faire son chemin dans cette école grouillante d'énergie et aussi mouvementée qu'une partie de ballon-chasseur. Et tu sais pourquoi, Foinfoin? Parce que cette école respire l'amour.

Magoek donna une accolade bourrue au nain, qui la lui rendit avec autant d'amitié.

— Viens, allons retrouver les autres, conclut le Grand Chef. Il nous faut organiser une soirée qui, à mon avis, restera gravée dans les mémoires.

Au même rythme que l'ascension du soleil dans le ciel, Fabien reprenait des forces. Quand l'astre fut au zénith, le garçon arriva même à avaler quelques bouchées. Entre deux activités, les jeunes venaient s'enquérir de l'état de santé de leur ami.

Gus étirait ses visites dans la tente jusqu'à ce que le Grand Chef Magoek ou la vieille dame, qui n'était autre que Nukum, la sorcière que Foinfoin avait rencontrée presque quatre-vingts ans plus tôt, lui signifient gentiment de laisser le convalescent se reposer.

— Il était superbe le caribou, Fabien. Si tu l'avais vu! Quand tu iras mieux, on ira l'observer ensemble, ça te va?

— Merci, Gus.

C'était la première fois que Fabien prononçait le nom de celui qui était si amical avec lui. Gus, le jeune rebelle au cœur tendre. Celui-ci répondit par un sourire chargé d'émotion.

À la tombée de la nuit, Fabien avait repris du poil de la bête. Que s'était-il passé dans la tente en cette nuit dramatique? Le miracle était-il le résultat de prières, d'incantations divines, de l'énergie positive des soignants ou le simple effet de la tisane de sauge épicée d'espoir concoctée par Nukum?

Le mystère continuerait de planer, car le Grand Chef Magoek et la vieille dame ne révéleraient jamais leur secret.

La fête, donnée en l'honneur de la guérison miraculeuse de Fabien, fut animée d'un impressionnant feu de joie. Les flammes vigoureuses dansaient au rythme des contes et légendes, des mélodies et du tambour. Le seul à ne pas y participer était... Fabien.

Assis tout au fond de sa tente, il jouait de la flûte, à mille lieues d'être malheureux.

Foinfoin le rejoignit, alors que la cérémonie battait son plein.
— Oh là là, mes vieilles jambes me font souffrir, dit-il en se frottant énergiquement les mollets. Puis : Alors mon grand, tu reviens à l'*École des Gars* ? On repart demain. Première heure... Tu es prêt ?
Fabien déposa sa flûte, l'air indécis. Il se retira profondément dans ses pensées. Puis, un sourire naquit sur ses lèvres, et il déclara, d'une voix un peu enrouée :

— Je suis prêt.

Clignant des yeux, ravi par la réponse du garçon, Foinfoin plongea sa main droite dans sa cape grise, comme s'il cherchait quelque chose. Puis, il la tendit vers le garçon.
— Tope là?
— Tope là!

Fabien sentit que Foinfoin avait déposé quelque chose dans sa paume: il ouvrit ses doigts délicatement et découvrit un petit oiseau aux ailes déployées, sculpté dans un os d'orignal.

Maryse Peyskens

Maryse Peyskens a longtemps travaillé auprès d'enfants handicapés et de personnes âgées. Sexologue de formation, elle a animé de nombreux ateliers et conférences dans différents milieux (organismes communautaires, écoles, centres de détention, etc.). Ces dernières années, elle a ralenti la cadence pour se consacrer davantage à ses trois enfants. Elle en a profité pour se mettre à l'écriture, non seulement par pur plaisir, mais aussi pour exprimer de façon fantaisiste quelques-unes de ses observations et de ses pensées.

L'École des Gars, son premier roman, est né d'une réflexion portant sur la condition des jeunes garçons dans notre système scolaire actuel. Cette histoire se veut une réponse amusante et originale aux frustrations et aux difficultés vécues par certains élèves et leurs parents.

Maryse Peyskens s'est bien amusée en imaginant les aventures de cinquante-neuf gars (plus une fille!) affectueusement surnommés «les petits tannants bourrés de talents», supervisés par une équipe d'enseignants passionnés. Tout comme ses jeunes héros, l'auteure a un petit faible pour Foinfoin… Il faut dire que ce drôle de personnage fait en quelque sorte partie de sa famille. Créé au début des années 60 par le père de Maryse, Foinfoin était un héros de bande dessinée, qui avait à l'époque remporté un vif succès au Salon du livre de Montréal.

Décidément, il a un charme fou ce Foinfoin!

Dans la même série

C'est la rentrée des classes. Pour la première fois de sa vie, Rémi a hâte de partir pour l'école. En effet, il a été accepté dans un endroit pas comme les autres : l'*École des Gars*. Notre héros ne sera pas déçu… Il découvrira bientôt un endroit époustouflant, des activités passionnantes, des enseignants motivants et de nouveaux amis. Mais le plus incroyable, c'est le mystérieux Foinfoin…

Une école pour les jeunes bourrés d'énergie et de talents. Animée par des professeurs passionnés et passionnants. Sans compter un fabuleux personnage mystère. Ça, c'est l'*École des Gars* ! Rémi, Guillaume, Alexi (l'ex dur à cuire), Justin (le timide), Gus-la-terreur, Peppy, B. B. et tous les autres sont fous de joie à l'idée de la rentrée scolaire !!! Tous sauf un… ou plutôt une.

Catalogage avant publication
de Bibliothèque et
Archives nationales du Québec
et Bibliothèque et Archives Canada

Peyskens, Maryse
Ça se complique à l'école des gars
(Grand roman Dominique et compagnie)

Pour les jeunes de 10 ans et plus.

ISBN 978-2-89739-381-6
ISBN numérique 978-2-89739-382-3

I. Titre.

PS8631.E97C3 2016   jC843'.6
C2015-942663-4   PS9631.E97C3 2016

Direction littéraire: Agnès Huguet
Révision: Céline Vangheluwe
Conception graphique: Nancy Jacques
Conception graphique de la couverture:
Dominique Simard

Illustration de couverture:
Istock by Getty Images

Droits et permissions:
Barbara Creary
Service aux collectivités:
espacepedagogique@dominiqueetcompagnie.com
Service aux lecteurs:
serviceclient@editionsheritage.com

Dépôt légal: 1er trimestre 2016
Bibliothèque et Archives nationales du Québec
Bibliothèque et Archives Canada

Dominique et compagnie
1101, avenue Victoria
Saint-Lambert (Québec) J4R 1P8
Téléphone: 514 875-0327
Télécopieur: 450 672-5448
dominiqueetcompagnie@editionsheritage.com
dominiqueetcompagnie.com

Imprimé au Canada

Nous reconnaissons l'aide financière
du gouvernement du Canada par l'entremise
du Fonds du livre du Canada.

Nous reconnaissons l'aide financière du
gouvernement du Québec par l'entremise
du Programme de crédit d'impôt – SODEC –
Programme d'aide à l'édition de livres.

Nous remercions le Conseil des arts du Canada
de l'aide accordée à notre programme de
publication.

Financé par le
gouvernement
du Canada | Canadä